U0521536

RELIVE
BY
HARUKA
HOJO

重温

[日] 法条遥 著
鹿推 译

江苏凤凰文艺出版社
JIANGSU PHOENIX LITERATURE AND
ART PUBLISHING

◇千本櫻文庫◇

◇前言 PREFACE

文库，原本是指收纳书物的仓库和书库，也指收纳书与记事簿，以及不常用物品的小箱子。以前者为例，京滨急行线的"金泽文库站"就是以前镰仓时代北条氏用来收藏汉书用的，"金泽文库"名字的由来便是如此。东京都的世田谷区也存在着收集着珍贵汉书的"静嘉堂文库"。后者则更多地被称为"手文库"。

江户时代以来，可以放入袖袂的小开本书籍逐渐流行起来，被称为"袖珍本"。明治三十六年（1903年），富山房发行了小开本的丛书，起名"袖珍名著文库"。随后，明治四十四年（1911年），讲述战国时代的猿飞佐助和雾隐才藏系列故事的讲谈社"立川文库"发行出版。讲谈是日本民间艺术，以口语化的方式讲述历史故事的形式。而"立川文库"则是将讲谈收录成册集中出版的丛书，据统计，当时刊行量为200册左右。从那时起，文库就脱离了原本的释意，逐渐演变成了现在的类书集丛。

文库的说法借鉴了日本出版业界的传统说法。而千本樱源自日本奈良县吉野山樱花盛开的奇景，世人皆称"一目千本樱"来形容樱花美景。千本樱文库的纳入作品皆为日系作品，题材包括推理、悬疑、幻想、青春、文化等类型，正如千本樱满山盛开的绝景。

现代日本，以"文库"命名刊行的丛书系列有200种以上，所谓"文库本"只不过是统称而已。日本传统的"文库本"常用的是A6尺寸的148mm×105mm，也叫"A6判"。千本樱文库的所有书籍将在"文库本"的基础上提升，达到148mm×210mm的开本标准，追求还原的前提下，力图带给读者更清晰的阅读体验。

明治维新以来，日本文坛迎来了爆发期，涌现出了众多文豪级的作家。受到许许多多名作的影响，日本的出版社也从中受益，得到了突破性的发展，各家出版社为了传承文化，加强创新，纷纷设立了"文学新人奖"，用以发掘年轻作家。其中，以恐怖氛围浓厚的"金田一"系列为契机，迅速开展业务的角川书店在20世纪90年代初期设立了"日本惊悚小说大奖"，发掘出了小林泰三、贵志佑介、道尾秀介等名家。

"第17届日本惊悚小说大奖"的得主法条遥，不愿意去企业就职，志在写出有趣的小说，并且以此为生。但是，他在六年间写作了20多部小说，投稿各个文学新人奖，却全都石沉大海。然而，在28岁的时候，新作《二重身》斩获了"日本惊悚小说大奖"，从而正式出道成为作家。由于深受前辈森博嗣和三津田信三的影响。法条遥的作品兼具惊悚与科幻要素，其代表作"RE系列"被认为是"时间悖论"类型作品的杰作，受到广大读者喜爱。本书《重温》是"RE系列"的第四部，也是故事的结尾。四季的时间循环和从过去到未来的线性时间，相互交织混合，作为伴奏低音在整个作品中产生共鸣。请享受时间跳跃的故事，以及令人愉快的头脑混乱。

千本樱文库编辑部

SCIENCE FICTION CONTEST

科幻总选举

  在科幻作家中有这样一个说法——科幻的本质是用想象延展人生。如果说人类的伟大在于发现和应用科学技术，并用科学技术创造出了这个世界。那么想象力就是一切创造行为的原点。

  想象力并非与生俱来，也不是后天训练产生的。它更像是一种思维，是想要追寻的生活方式。拥有同样思维的人，用想象力扩展人生，触摸当下还无法触及的时空和世界。而当这样的群体聚集起来的时候，便形成了名为"科幻"的亚文化。

  "科幻选举"是某个科幻题材的小说公募新人奖。除了发掘有才华的新人之外，该奖还非常注重想象力。近年来的获奖作品，不仅内容十分精彩，题材和科幻元素也都新意十足，例如童话与科幻结合，还有对未来AI世界的预见等。

  如今，科幻小说的分类已经多达数十种，科幻元素也被植入了其他各式各样的类型文学。科幻的概念也在媒介联动的大环境下，无限地向外部扩散传播。

  "科幻总选举"既是口号，也是专题。我们旨在发掘洋溢着想象力的科幻作品。就像其他专题一样，不局限于内容题材和所获奖项，依然维持优先个性的少数派精神，希望能够传播不一样的思维与生活方式。

千本樱文库

本作涉及了《复写》《改写》《复演》的内容

目录
CONTENTS

序		002
1	四季	009
2	私记	031
3	死期	047
4	始期	065
5	色	083
6	指挥	097
7	式	115

终章	175
时间的终章	179
四季的终章	183
时间和四季的终章	193
后记	203

RELIVE
BY
HARUKA
HOJO

序 Preface

序

"……是个女孩。"

又是这样啊。

"……名字叫什么呢？"

反正，早就确定了吧。

"这孩子真小啊，比其他孩子小一圈。"

真对不住你们，但也不是我想这样的。

"因为她小小的，所以名字就叫……"

反正，还是跟之前一样对吧？

"叫小雾……怎么样？"

重温

RELIVE
BY
HARUKA
HOJO

看吧，我就知道。

不管什么时候，我都叫小雾。

不管重来多少次，我都叫小雾。

不管愿不愿意，我最后都得叫小雾。

没叫过小雾以外的任何名字。

背着小雾两个字过一辈子。

然后到了下辈子，我又继续叫小雾。

带着小雾的记忆，又变成小雾，再让人叫小雾一辈子，也改不了名，带着小雾的名字死去，然后又带着小雾的记忆，重新开始，又结束，然后再当一次小雾，继续重复一遍，最后等着我的还是下一段小雾的人生。

我就没叫过小雾以外的名字。

从生到死，由死往生，无论重复多少遍，我都是小雾。

然后这次也一样。

"……是个女孩。"

先是一种被什么东西裹住的感觉，随后又听到好像是个男人的声音，可能是医生吧。

"女孩，不是男孩啊……"

另一个男人的声音，则听起来有些沮丧。

刚出生的我第一个动作，既不是哭也不是笑，更不是要吃奶，而是咂舌。

（上次死在……我记得应该是……和美国打仗的时候？估计是在战争收尾阶段吧。而且是以这个国家战败的形式。那也就是说现在，这个国家变成殖民地了？那可真是没生在好时候啊。）

再加上，这个国家好像还保留着"希望第一个孩子是男孩"的长男崇拜意识。真是想想就恶心。

"生个女孩多好啊。你看，这么可爱……"

这个，估计是母亲的声音吧。

"总之能平安生下来就好……那，老公，给她起个什么名字好呢？"

我在想，我现在是该笑，还是该哭。

我知道这个命运改变不了，可默默忍受又不是我的性格。所以我在起名这个问题上，也试过哇哇哭两声抗议一下，虽然最后也没什么用吧。

（干脆现在直接"发声"反抗一下？"喂，不许叫小雾这两个字""叫什么都行，就是别叫小雾"之类的？）

心里是这么想的，但是肉体上还是个小婴儿，还不能发出能让人听明白的"发音"。

重温

RELIVE BY HARUKA HOJO

所以，结果还是那样。重复来重复去，最后结果还是那样。

"我想好了。字写作小小的雾，就叫'小雾'如何？"

我早就知道了，父亲。这回的父亲。

一千年前，我就知道这个名字。

因为一千年前，我就叫小雾了。

"哎呀，好可爱的名字呢。嗯，就叫这个吧。"

我求您别，母亲。这回的母亲。

就算父母都觉得这个名字可以，但你们不觉得应该先争取一下孩子的意见吗？

虽然，这个时候的小婴儿，不认识字也说不了话吧。

但是，你们不觉得应该想点能让孩子做选择的方法吗？比如说写纸上，看孩子把头转到哪边就选哪个之类的。

（多俗的名字我都认了……容易产生些误会的名字我也认了，只要不叫"小雾"，您给我起个男孩儿用的名字都行。总之我已经不想叫小雾了！）

"哎呀，这孩子笑了。好像她很喜欢小雾这个名字呢。"

"真的呢，那就叫小雾吧。"

笑容满面的父母旁边，我一个小婴儿在认真地思考如何才能让人觉得我在板着脸。

（神啊，我每次都在问，我到底是犯了什么罪啊？"最初"我已经不记得了，您能不能告诉我，究竟是因为什么，才会"变成这样"

的啊？）

是的，对于"变成这样"这件事，我本来已经放弃挣扎了。

可就是，就是有一点，死活都接受不了。

"那，小雾。"

"嗯，小雾……"

为什么？

究竟是因为……

什么理由？

有什么样的原因？

为什么，我就摆脱不掉"小雾"这个名字呢？！

1992年，7月1日中午，国枝小雾出生了。

而上一辈子，是1923年12月4日以一条小雾的名字出生，并死于1943年的战火中。

再上一辈子，是1876年6月13日以园田小雾的名字出生，1903年死于传染病。

再再上一辈子……

…………

然后，第一次出生的时候，小雾，也还是以"小雾"的名字出生的。

以千秋小雾这个名字。

重温
RELIVE
BY
HARUKA
HOJO

父母是大邦言和侠。

然后,没有血缘关系的哥哥,则叫bǎo yàn。

应该是这样的。

1 四季
RELIVE BY HARUKA HOJO

重温
RELIVE
BY
HARUKA
HOJO

"这么说的话,大概可以称之为'穿越时空的少女'吧。"

听到会场工作人员的这句话,我不禁露出了一丝苦笑。

或许是注意到了我的样子,那位男工作人员小心翼翼地,用有些尴尬的声音向我确认道:"啊,真是对不起,我不应该说您是'少女'。"

"没事……"

毕竟不能和他说实话,所以我微微摇头,做了个手势告诉工作人员"我不介意的"。

要说在做什么的话,现在是在办婚礼。

很久之前……泡沫经济的时候,好像流行把婚礼办得很花哨啊,很新奇啊,砸钱让客人大吃一惊的那种。

但现在就是新郎新娘亮个相,中间也只换一套衣服。开头先是穿着婚纱宣布婚宴开始,上菜的时候把衣服换掉,穿上日本传统的和服。最近比较流行这套相对成熟的婚礼流程。然后工作人员会用"穿越时空"这个词,来形容现在我们的婚礼玩法有种"回到了过去"的感觉。

不过我苦笑的,并不是现在流行的这种回到过去的玩法。

而是从工作人员的话里，我联想到了别的东西。

跨越时间的少女。

书写时间的少女。

缺失时间的少女。

赌上时间的少女。

这些说法都符合我，同时，又都不符合我。

要问为什么的话……呃，怎么说呢。用这种修辞方式去形容这件事，可能有什么意义吧。

反正，我以后还会重复这个过程。

无论做什么，都只是在循环往复。

就算发生战争，这一点也不会变。

而且战争这种事，在二战之前，我就已经体验过不知多少回了。

那个时候叫作"战斗"，武器还是以刀枪箭这些为主。

说到这里我想起来，那个时候，我有一回嫁到了一个武士家。

对了，不是嫁过去的，是被卖过去的。

结果，人家说武士家的后老婆生不了孩子没意义，所以被赶了出来。

那个时候，我无依无靠，最后就死在了河边。

然后紧接着就投胎到贵族家，我自己都笑了。

虽然我没用过，也不太明白，但据说在互联网——这个电脑世界中的百科全书里，还留有我那时的名字，想想也挺滑稽的。

重温

RELIVE BY HARUKA HOJO

现代人嘴里那位历史上的人物，其实就是我。

没错，我的名字，完全没有变过……

"怎么了，小雾？"

"这次"要成为我丈夫的男人，向我问道。

"看不见，心里还是害怕吧？"

"不会。"我回答道，"我已经习惯了，没关系。"

"这样啊。"要成为我丈夫的人，似乎也接受了，"那，就按这个计划走吧。付款是在……"

"好的，好的。"

听到工作人员按计算器的声音，准备会就开到这里了。

之后，我们离开会场。我的丈夫说你渴了吧，便去外面的自动售货机买了些喝的，递给我。

好好牵住我的手，递给我。

这样做是很正常的。因为不这样做我就没法理解。

要问为什么的话……

"小雾。"要成为我丈夫的这个人说道，"你看起来好像很不安……没关系的，眼睛看不见也能生孩子，我们会幸福的。"

"……"

我只能用沉默来回应。

对不起，亲爱的。

实在是非常抱歉，我的爱人。

1
四季

孩子，是不会出生的。

恐怕，你会厌烦这样的我，最后离我而去。

因为之前，一直一直都是这样的。

我无论与谁结婚，死的时候都是孤身一人。

死掉之后，我又再次成为我。

这些，是已经确定的事情。

是逃不掉的。

这是重演了几千遍、几万遍的"现实"。

即便想到这些，我也没有流下一滴眼泪。

所以……

"嗯。"

我只能如此回应。

即便写成这样，您大概也不理解其中的意思，我来好好解释一下。

我是国枝小雾。

不断重复四季的女人。

我因为某个理由，现在正在写这篇文章。

既不是为了写给谁看，也不是为了去说明、解释，或是给什么事情找理由。

那又是为什么，去做这种事情呢？硬要说的话，这是一种"体

重温
RELIVE BY HARUKA HOJO

验谈"。

人类究竟是什么时候在这个地球上成为霸主，建立文明的？而在遥远的未来，人类又会不会飞向宇宙驾驶着什么机动战士打什么仗？这些，我并不知道。

但由于某个原因，我知道至少在一千年之后，用公元纪年表示的话到公元3000年，人类还是存在的。这个理由可能我以后会慢慢讲。

回到刚才的话题。

没想到，有人和我处于相同的情况……模式……诅咒……灾难……我自己也不知道该用哪个词来形容，但总之，为了这位"和我处于相同状况的人"，我现在正在把这些写下来。

因为我从某人身上，感受到了这是一种温柔。

可能也是出于这个原因，我才想为了"那个人"，写这些东西。

他不是别人，正是我的哥哥。

名字叫保彦。现在，我只能说这些。

……不好意思铺垫有些长了，但至少，再让我说这么一句。

我现在很幸福，哥哥。

孩子也出生了，论辈分是哥哥的外甥，非常可爱。

我第一次知道，能够看到"自己的孩子"，用手抱孩子，听到孩子的声音，是如此的"幸福"。

这些，全都是托你的福。

1
四季

保彦的妹妹小雾于2014年春写下这篇文章，希望早晚有一天能被持续时间之旅的哥哥保彦看到、读到，并且读过之后多少能笑一笑。

从结论来说，我在转生。

从小雾，转生成了小雾。

而且是带着前世的记忆转生的。因此在公元2000年的现在，我的灵魂里已经留下了超过千年的记忆。

来，请想象一下。

从出生的那个瞬间，就能知道。

我，就能知道。

"这次的人生"前半生负责照顾我的父母，他们叫我：

"小雾。"

"小雾。"

"小雾。"

"小雾。"

无论重复多少遍，都只能成为小雾。

无论生命几度轮回，也逃不开小雾。

"……不。"

发疯，是可以预见的。装疯，是没有必要的。

现在，原因和理由都已经知晓了，也就没有必要再去纠结这个事情。

总之，我在转生。

保留着上辈子的记忆和小雾这个名字，以及身高一米五八、体重四十二公斤这个女性的身体，只能转生为此，只能转生如此。

如果读这篇文章的是位女性的话，您会觉得羡慕吗？好像我的体质就是如此，既不会胖，也不会瘦。

如果您把这个当作是一件"好事"，那您的人生应该过得相当幸福。请您保持这个心态找个好老公，过您幸福的生活。

不要重蹈我这样的覆辙。

我不希望您像我一样，过着这种无法从自身逃离的生活。

无论来多少回，都只能是小雾，只能叫小雾这个名字，只能过小雾的人生，我不希望您陷入这样的"地狱"中。

硬要说的话，名字也是可以变的。

在像现在这样实行户籍制之前，我也离开过父母，独自一个人出去旅行过，在旅途中用喜欢的名字自称。

有时，是比喻美丽雪花的"美雪"。

有时，是向往光亮的"萤"。

有时，是比喻自己人生的"霞"。

但是，这些都没用。

无论自称什么，无论向别人怎么介绍，都会被揭穿。

人家经常对我说什么"这不是你的真名吧？"，就算对方没把这句话说出口，也会让人家想吐槽"啊，这个人用的是假名字吧"。

我不明白。我明明没有挂名牌什么的，可为什么还是会暴露呢？

我记得……对，幕府末期的时候。当时，我在京都出生，也卷入了那场骚乱。当时站在幕府一边的杀人武士集团……叫什么狼来着，他们的头目……应该是这个身份吧。我以"樱"这个名字在京都的茶屋工作时，那个男人看了我一眼，说：

"你为什么要报假名字？"

我当时想，又来了。

不过，既然人家已经看穿了，我觉得时机正好，便顺道问了一句："武士大人，很抱歉用了假名。因为我不喜欢自己的名字，所以人家问我名字的时候，就习惯下意识地说出假的名字。不过……武士大人您为什么能发现呢？"

"我要是连谎话都听不出来，还能站到这个位置吗？"

说着，武士喝了口茶，低声笑了一下。

据说那位武士，最后被砍头了……很遗憾，我没能见到"那个男人"的最后一面。难道是被卷入幕府末期的混乱之中，随随便便地就死掉了吗？

因为没有问到其中的理由，所以我之后也继续使用假名生活。

对于初次见面的人……尤其是男人，我用假名介绍自己。

"名字是假的吧？"

我只会嫁给这么回应的人。

心里也许是想要找一个，我即便说谎，也有可能被他原谅的人吧。

当然，我也清楚。

我是个很过分的女人。

过分，胆小，恶心，说话不得要领，手笨，做饭缝衣服不行，就连和人交往都困难。

幕府末期的战争结束，这个国家也迎来了和平的时期。我可以去学校学习读书写字了，不过依旧没有交到朋友。

各位同学也不会找我搭话，当我不存在，拿我当个幽灵一样。

也好，我自己可能也想让他们这么看我吧。现在想想这件事，也能想通了。

反正，我会消失的。

再说反正，也会再重来的。

所以，"现在"这东西是没有意义的。

反正又会重来，又会重新成为同样的存在，再死也依旧要重来。

种种事情，种种"相同"重复一千次，也依旧到达不了什么地方。

这种人，除了恶心之外，还能拿什么词来形容呢？

我自己已经把我自己看到底了。

反正，再重复多少回，再重试多少次，无论时代如何变化，无论流浪到哪里，无论时间如何流逝，无论做什么，无论怎么做，都会是一个结果。

都会变成一样的。

都会变成小雾。

雾，会消散。

雾，会放晴。

更何况是小小的雾，那真是只要有一点点的阳光，就会让它消失。

被"你在说谎"一句戳穿。

因"反正没有意义"幡然醒悟。

最后归于"那里，空无一物"。

"所以，现在，那里的东西，理由、原因、因果、价值、一切一切，都不存在。"

"不存在的。"

"我这个人的存在，是不存在的。"

"小雾这个人，我心脏的跳动。"

"我的血管，运输着我的血液。"

"我的胃，在消化着食物。"

"就连这些都……不存在的。"

我最后选择这样理解。

因为不这样理解，我会疯掉。

重温

RELIVE
BY
HARUKA
HOJO

不这样理解,我连这个循环都保留不住。

我甚至都不觉得自己是人类了。

因为,它永远在重复。

没有任何进步。

死去,就会复活。

活着,又会死去。

死去,再又复活。

活着,也就意味着,死去。

重复,一遍又一遍,就像一片从世界尽头而来,又流向世界尽头而去的,雾。

被这个国家的少数人看到、听到,然后和结婚的男性肌肤相亲的那个。

那个,就是我。

呃,抱歉。装出一副发疯的样子,这是假的。

虽然自己可能已经这样了吧。

如果以男性的身份出生,又正好生在寺庙家庭的话,他们可能会形容这个叫"一出生就开悟""神童降世",但自己的性别和身体机能都做不到。

就算一出生就站起来,朝着"这辈子"的父母说:

"初次见面,说一下给我起名这件事情,直到上辈子我都叫小雾

1 四季

来着,已经受够了。所以求你们千万别叫我小雾了。"

我就算这么说,估计结果也还是会一样。

我,还会变成小雾。

无论怎么挣扎,命运都毫无改变,我还会依旧成为小雾这个不知道究竟是个什么意思的生物。

继承着记忆,以小雾的身份死去,然后我又会以小雾的身份重新出现在这个世上。

幕府倒台之后,新政府成立,第一次知道"外国人"和基督教理念的时候,我就想过,负责我的天使,是不是搞错了什么。

还是说,觉得我很麻烦。

也许对我成为小雾之外的存在这件事情,他们毫无兴趣吧。

又或者说是地狱的阎魔大人在惩罚着我呢。

一遍,又一遍,嘲笑着从地狱转生回来却毫无反省的我,对我说:

"反正,小雾还当小雾就完了嘛。反正也是毫无变化的女人。"

然后,又让我变成小雾。

姑且先提一嘴,以上都是开玩笑的。

我并不知道什么是所谓"死后的世界",也不清楚该怎么知道。

因为,我一死就又活过来了。

"好,小雾死掉了。""好,转生成小雾了。"

我一直在重复这个过程。

/021/

重温
RELIVE
BY
HARUKA
HOJO

所以"中途"发生的事情,我是没法知道的。

这也是这具看不见的身体所赐。

没错,这可能才是我对一切都感到绝望的最大原因。我的眼睛是看不见的。

并不是说没有眼睛。眼球确确实实是有的。

但是,我的眼睛没有功能。

什么都看不见。

明明其他四种感觉都正常,但偏偏只有视觉失灵了。

光明,并没有照亮我。

无论转生多少次,无论重活多少回都是如此。

刚转生的时候,我还稍微期待过一下。

"我,转生了。"

"反正名字还是叫小雾,然后也肯定还是女性,但这次……"

"这辈子,我可什么坏事都没做啊。虽然眼睛看不见也没做太多好事,但我可确实一点坏事没做。"

"阎魔大人啊,您就可怜可怜这个一遍又一遍转生的小雾,您要是有些许怜悯之心,下回就一定会给予我恩惠的。"

"给我光吧。"

但是,这都没用。

没有任何改变。我以前试过改变态度。之前为了活下去,我偷过一回米。也就是做了一回下地狱也很正常的行为，但也没有任何改变。

"是的，也就是说……"

人世……对我来说就是地狱。

不，不对。就没有什么人世。

这里，就是地狱。

我从一开始就生在地狱，死在地狱。

只是除了我以外，其他东西在我活着的时候都会发生变化而已。

我周围发生着四季的变化，而我自己只是苟活着一条性命，然后再不断重复。

不管多少次都一样，由夏入秋，热去雪来，即便随后又到春天，到了樱花盛开的时候，我的眼睛也依旧这样，继续永远地在黑暗中徘徊。

有时我也想过，如果没有转生的话会怎么样。如果人生不会重来的话，就算眼睛看不到光明，也会因为这段人生只有一次，而从一开始就下定决心，哪怕是演，也要笑着，幸福地度过它吧。

算了，可能拿这种思考方式思考都属于浪费时间。就算人生只有一次也好，直接选择自尽也好，恐怕等待我的也只是马上成为下一个小雾吧。

无法逃出这个循环。

甚至连逃出循环的方法，都不愿去想了。

所以，对于我来说，代表着"现在"二字的人世是不存在的。

对于小小的雾一般的我来说，不过是处于名为四季的黑暗中。

或者说，是处于时间这个永远的囚牢中。

为什么要形容得如此夸张呢？可能有读者会这么想吧。但是，这话说起来您可能不信。在上述情况的基础上，我身上还有一个特征。

连我自己都不相信。

在分析作为女性为什么会这样之前，首先从生物的角度来分析"为什么会变成这样"都分析不通。

"我"已然如此了，所以不再挣扎。事情发展到这里无论读者您是否了解具体的理由，应该都能接受我放弃挣扎的念头。

既然，我这代已经没戏了，那至少我的"下一代"能正常。有这种想法我觉得是人之常情。不光是人类，一切生物都是通过留下子孙从而进化、繁衍、进入多样化的。

可说到多样化这个词，我就没法做出什么贡献了。

就如同我自己无论重复多少次都没有任何改变一样，我也生不出"下一代"。

我也曾想过是不是因为我不断转生所以才生不出的呢？但怎么想都不对。因为这样就因果倒置了。

总之，我生不出孩子。

很好笑吧？尽情笑吧。

"那么，不断重复小雾又是为了什么？"

完全可以问出这么一句吧。我也一样，自己都被自己整无语了。

所以我从很早之前，就放弃了。

就算退一万步讲，把转生这件事情当成是原因，那也许事情在某种角度下是能理解的，不过应该还是不对。第一次出生的时候，第二次出生的时候，我也都没有生下孩子。

作为一个女性出生，以小雾的身份出生，每月该来的东西也正常来，可就是……

无论和谁结合，无论结合多少回——都生不出孩子。

我的肚子里，不会有孩子来。

我的身体里，无法延续生命。

明明我自己在不断延续，不断延续，甚至只剩下了延续，但我却生不出任何生命。

到我这里就结束了。

明明我自己"又"会继续，但我却绝对，无法生出任何生命。

而且……就像诅咒一样，我一定会以长女身份出生。

然后，生下我的母亲，之后也一定不会再生出其他孩子。

到我这里就结束了。

我已经完蛋了，反正我死掉也还会再次出生的，可就连生下我的女性，也一定、一定无法再生下其他孩子。

当然，离婚之后再婚啊，接纳养子之类的方式还是有的。而且实

重温

RELIVE
BY
HARUKA
HOJO

际上,我也通过这种情况有过没有血缘关系的哥哥妹妹。但是,这对夫妇的血脉一定会断掉。因为只有我能继承他们的血脉,而我,又一定没法再生下孩子。

这要不是诅咒的话,还能是什么呢?

当然,这对于"生下我的父母"来说肯定是诅咒。

没人想要事情变成这样……就连生出来的我本人都不希望事情的开始和结局是这样的。最后留给我的结果,就是"以为是出生,但实际已经结束"这种回忆的累积。

这几千位"因为生下我断了血脉"的父母们。

我,就是个诅咒。

我的存在,可能就是附在人类这一种族上的诅咒,或是一种错误吧。

这件事只能这么解释。

如果是有人给我附上了这种命运的话,我想问问他。

我到底,算是什么?

小雾,算是"什么"?

这个"重复"有什么意义吗?

你想啊,完全没有意义啊。

没有活下去的理由,也没有死去的意义。

因为反正死了也会活过来,活过来又会死。

也不是说每一个我都是早死的。以前也有过活到过五十岁的"小

雾"。但是，就算长寿又怎么样，我在这世上已经没有什么没做过的事情了。

女性能从事的职业，基本已经试过一遍了。走路能到的地方，能想到的也都去到了。不断转生的结果，就是转生到一个没有去过的地方时，会觉得这是个好机会，趁机把脑袋里的地图用腿扩大一番。

因为我，也没有其他方法了。

我觉得如果想从这个连锁中逃脱出来的话，只能通过往自己身上添加"什么"我不知道的东西才行。

虽然最后的结果，依旧是我被困在其中吧。

如果要说在不断连锁的人生中还有没体验过的事情的话，可能只剩杀人了吧。

"不不不……"

我用有些自嘲的语气嘟囔着。

杀人？想什么蠢事呢？

我不是一直在杀自己吗？

所以我才不知道什么叫"幸福"。

我的人生几乎通晓一切，但唯独这个叫"幸福"的东西，是不存在的。

当然，在寒冬大雪里，躲在空屋里烧火取暖，饮一口热水，享受一份安心，这种体验是有过的。

但也，仅限如此。

重温
RELIVE BY HARUKA HOJO

在此之上的东西，我不知道，也没想过要去知道。

"幸福"是一种什么样的状态，怎么才能感受到，我无法理解，也不想理解。

当贵族的时候，也吃过整桌的山珍海味，尽管味道很不错，但从没觉得"好吃"。

就算出生在富裕家庭，我也因为之前说的，没法拥有兄弟姐妹，所以，永远都是一个人，在黑暗中走向冰冷的饭桌。

和男人结合也一样，知道自己怀不上孩子，所以这种行为在我看来单纯只是对方在自我满足罢了。自然，也没有一次感受过其中的快感。

所以，我不知道。

究竟何为"幸福"，我无法理解。

不过，至少有一件事还是可以拿来说的。

甚至可以称之为是一种骄傲。

那就是我无论重复转生多少回，都没有流过一次眼泪。

……虽然有可能单纯只是，我的眼睛，连流泪的功能都没有吧。

"捧花，就用这个吧。"

现在这个要成为我丈夫的人如此说道。

"这个"云云，我也听不懂。男人好像也知道这点，继续向我描述起来："因为它和小雾非常配。淡淡的紫色，我觉得和小雾的形象很搭。"

"什么……"

"这个是实物。"

应该是工作人员吧。我感觉到有什么东西被递到了面前。我伸出手,接过了那束捧花。

"……啊。"

我把鼻子凑上去闻了闻。虽然眼睛看不见,但对嗅觉还是很有信心的。

"这是……什么花的味道呢?"

我感到有些困惑,因为这是我从未闻过的香味。

"可感觉有种非常怀念的……"

"这个是薰衣草哦。"

工作人员的声音,仿佛渐渐远去了一般。

……对了,我想起来了。

我想起来为什么我会苦笑了。

结果,你根本就没来读嘛。哥哥。

明明都说好了。

说好你会读《穿越时空的少女》这本书的。

2
私记

RELIVE BY HARUKA HOJO

重温

RELIVE
BY
HARUKA
HOJO

　　首先，这是写给特定的……某个人的信，说真的，请您把这当成是个人随笔的一类就好。所以除了"那个人"之外，大家可能会听不懂，但也请您把这点也当作是一种娱乐吧。

　　没关系的。

　　如果事情按照我的预想发展，最后"那个人"一定会高兴、快乐地流下眼泪。

　　首先，要向1992年夏天发生的事情和2002年夏天的事情道个歉。

　　虽然我知道来到这里的贵宾之中，可能有几位已经从这句道歉中猜出"我"是谁了，但也请您允许我继续把话说完。

　　有句话先说在前面，接下来我要说的事情，可以用十分荒唐来形容。可能您无论怎么去解释，都只会觉得这是"脑子有病的男人"的自言自语。同意在这里读我写的这些内容的工作人员，实在是对不起。我知道您完全不明白为什么要这么做，但请您"按照原文"继续读下去。我已经尽量避开专有名词，尽量简明易懂地写出来了……

　　首先我写下这份私记的"现在"，用公元纪年的话是3001年。

请您不要站起来。笑的话请便，但今天的事情请您认真来听。

嗯，这是真的。这是现实。

"现在"是公元3001年。

有人反驳说"不存在从未来穿越过来的人"，并将其视为"做不到穿越时间的证据"，但请仔细想想，这其实是不对的。

当然了，我也知道"现在"各位听这些话的时间，是2013年……举个例子，"手机"这个东西在这个时代已经有了对吧？

这个东西，拿给一千年前的人看，他们会怎么想？

只能认为是妖怪、神，或是恶魔的所为吧？

啊，抱歉，一千年前的话基督教还没传过来，恶魔就不要了。换成地狱的鬼之类的吧。

从一个单手就能拿住的、硬盒子似的东西里，居然能听到人的声音呢。

而且还是"实时通信"的状态呢。这边说点什么，另一边也能回话。

这个东西要是让那个时代的人知道了，他们会怎么想……

那些人，无法想象吧？

这绝对不是拐弯抹角瞧不起他们。只是我觉得，从现实的角度来说，他们是真的"无法想象"。因为，明明没见到人，却听到人的声音了。

在2013年的现在，如果从一个没有人的地方听到了别人的声音,您首先会说什么呢?

我觉得一般是"喂"。

但是,从"现在"来说一千年以前的人,是听不懂这个"喂"的。

那我们想个其他的词吧。比如您说一下"shi"。不是时间的"时",就是"shi"这个音。假如说现在是公元3000年,而这个音连接起来组成的"shi shi",已经取代了"喂"这个词的话会怎么样?完全听不懂了吧?

也就是说,在"现在""喂意思是您哪位?"这个联系是成立的,可如果我给会场里在座的各位打个电话,您听到对方的第一句是"shi shi"的话,您会怎么想?

我认为您只会觉得"这人说什么呢?"。

简单来说其实就是这个道理。对方怒气冲冲地说"shi shi?……什么shi shi?!",你也没法说什么。因为话筒的另一头,对方是无法理解你在说什么的。

因为"shi shi"这个词的意思还没有和对方"共享"。

我用更简单的例子来解释吧。比如说,外国的友人问"'喂'是什么意思呢?",您也会头疼吧?这东西它不好解释,最后可能也只能和对方说"总之在日本,如果有人来电话了,首先要说'喂'"。这个词就是这个意思。

道理就是这个道理。

我要对这个会场里的主角,要对漂亮可爱的那位主角说:

2 私记

"万事都有'意义'。"

这个世界上不存在没有"理由"和"价值"的事情。

反过来想想,你的存在是有意义有理由有价值的,和我现在正在做这种事一样,都是有原因的。

跑题了。

我经常不按常理出牌呢。

从"现在"算起,二十年前的夏天,今天也来到这个会场的某人经常对我说:

"你是那种不按路数出牌、剑走偏锋的人啊,笨蛋。"

你可能已经不记得了,但我还记得。

忘不掉的。

我也不允许自己忘掉。

我做的事情必须由我去补偿。

从结果上看……我为了保护自己和自己喜欢的人,搅乱了很多人的命运。

距离现在差不多二十年前的夏天,某个中学二年级的某班,来了一个转校生"B"。但他不是和全家一起搬到这座城市的,而且这位少年B连课本、笔记本,甚至铅笔都没有。好像唯一有的就是那身校服,一身轻装便转到了这个学校。

可是,B的目的并不是来上课学习。

因为B的真实身份,其实是从三百年后的世界穿越来的未

/035/

重温
RELIVE
BY
HARUKA
HOJO

来人。

B在未来世界读到了某本书，但是，这本书并不是完整的，所以他开发了穿越时间的药，回到过去世界来找寻书的后续。

装作转校生，也是因为以B的年龄，不去中学念书会显得很奇怪。

在这里，B与"偶然"撞见穿越瞬间的少女"M"一起，开始找这本书……

是的，这个事情其实是很过分的。

实际上B，根本就不在乎什么书。

他只是觉得偶然遇到的这位叫M的少女很可爱……只是觉得过去的世界很稀奇……只是想呼吸一下未来不敢奢望的新鲜空气……

这位叫B的少年，对M说了谎话。骗了她。

所以，B受到了报应。

B在不知不觉间，就像他要找的那本"书"的内容那样行动、说话、把情报告诉M，让她也像书中的女主人公那样做出同样的行为。

结果，B……

只有B一个人是残忍的，围绕在他身边的所有人都很善良。这就是那个夏天发生的故事……用一句话来归纳的话，就是B除了对M之外，在这二十天的时间里，对包括班主任在内的全班大约四十个人都说了同样的谎，演了同样的戏。出于B"想读某本书的后续"这种极

度自私、利己而又任性的动机。

要说他为什么这样做，因为B想读的那本"书"里，他本人也登场了。没错，在班上某个人未来写下的书里，就有B想要读到的"后续"。可是，即便他知道书的作者就是"班上的某人"，他也无法确定那人究竟是谁。所以B最后竟做出了把"书的内容""共享给""全班每一个人"这种夸张的事情。

"因为书里出现了这个"，因为这个理由B就把不是自己开发的未来道具拿出来玩，吓唬比自己所处时代落后的人，甚至还篡改了那些拒绝"共享"的学生们的记忆，让他们对和自己的回忆产生一种"开心""幸福"的错觉，真是个人渣。

非常抱歉。这个话题再往下说真的会非常复杂，而且在今天这么一个值得庆祝的场合我觉得说这些也不太合适，所以稍后我只会通过大屏幕简单提一下。

不过，我要先提这么一嘴，这个夏天B的所作所为，可以用最差来形容。因为他一直在骗同学们和班主任。

不仅如此，B还以"我觉得应该有一个人知道真相比较好"为由，把责任推到了他的好朋友身上。如果事情都要做到这份儿上了，那还不如从一开始就相信全班同学，把事情跟他们解释清就好了。但是，B是个胆小鬼，是个只想着明哲保身的大笨蛋。最后，除了这位好友，他没有向任何人说明什么，抛下一切直接就跑回了未来。

重温
RELIVE
BY
HARUKA
HOJO

这就导致解释说明的责任被推到了他的好朋友身上，他的好朋友在十年后当起同学会的干事，调查了很多不需要调查的事情，浪费了很多没必要的精力，最后还被救护车拉走了。是的，这都是把一切都扔给好朋友的B的错。

还要特别提一下，被B卷入其中的同学中，有两位已经故去了。所以我要说出她们的名字，樱井唯同学和长谷川敦子同学，她们两位其实是可以不用死的。但因为B的"谎言"，最后她们也成了受害者。

我是个很过分的人。

我再说一遍，这个会场里两位主人公中，穿着礼服很漂亮的那位，我比你要过分、丑陋、以自我为中心、人性不知道恶劣多少倍、多少层，是真正无可救药的人。

难怪二十年前的那个夏天，缺失时间的少女用更加辛辣、现实、直接的语言骂了我。

而我现在也同样做着"按我想的做，强行单方面把自己喜欢的东西往他们身上加，直到我满意为止"这样的事情。

是的，强加。一种个人的自我满足。

没有人会得到好处。

也绝不是在做善事。

我相信大家听完这些之后，已经在这么想了吧。

即便如此，我也希望能够讲完，也希望您能够继续听下去。

可能您觉得这就是一个伪善者的蠢话，但我还是先要提醒您。这个故事会很长。

如果把它写成"小说"的话，剩下的故事大概还够写三章吧。

即便如此，也请您继续听下去。

言归正传，公元3000年的时候，已经有"穿越时空的力量"了。

要是想笑就笑吧，但您也要想想，那个喜欢铜锣烧的机器人，也是在这个时代之前诞生的哦。啊，顺便再说一句，那个动画片还在播呢。

这不是开玩笑。

这是真正的"穿越时间"，人类可以进行"时间穿越"了。

那么，要是这样的话，会产生很多问题吧。也就是，所谓的悖论。去见曾经的自己啊，未来的自己穿越过来给现在的自己建议啊，等等。

即便是"现在"，我觉得大家也知道有这种悖论存在。最有名的应该是"弑父母悖论"吧。回到过去，把生下自己的父母杀掉的话会怎么样？就是这样。

我先从结论来说，这是做不到的。

因为时间在不断积累，积累到让人无法做到这种事情。

重温
RELIVE BY HARUKA HOJO

就算人可以穿越时间，但也无法改变时间本身的流动，以及堆砌起来的时间和人类记忆的发展，人是做不到操纵它、推翻它和"当它没存在过"的。

这不是我让它变成这样的，这是时间的规则。从未来往回穿越，在技术上讲已经可行了，但是让"已经发生的事"变成"没发生过的事"，还是做不到的。

不说别人，单说我自己，就因为想回二十年前的某个地方给"过去的自己"一点建议，就遭到了很大的报应。

所以，我才决定实施"那个事情"。

为了救一位……自己可爱的家人，我打算去对抗一千年的时间。

因为"变成这样"，原本也是我违背了做人的原则，以及"我的母亲"导致的。

回到刚才的话题。

有人说"不存在从未来穿越过来的人"，就是无法进行"时间穿越"的证据，但我觉得这套逻辑不太对。

您想，"从未来穿越过来的人"，他又不可能说"我是从未来穿越过来的哦"，因为他本人如果没有"我是来到了（比自己时代落后的）过去"这种意识，他是没法说出这句话的对吧。

这也就是说呢，我现在所在的这个时代有"穿越时空的力量"，比如说要是使用这种力量穿越到"过去"的话，"要以这个时代最

popular的打扮"……

"呃，抱歉，那个……"

这里的词读作popular，写成汉字是……"大众的"。是的，穿越者是有义务穿最大众化的衣服穿越过去的。举个例子，女中学生这个身份，虽然在我现在所处的公元3000年已经不存在了，但假如一位十四岁的女性来到这个时代的话，还是会"强制"规定她"一定"要穿校服。这是为了不让"从未来穿越过来"一事暴露。

没错。"从未来穿越过来的人"，其实从很久以前，很久很久以前就"存在"了。只是，他们没有说"我是从未来穿越过来的哦"而已。

为什么他们不说这句话呢，就是为了防止出现悖论。

就是为了避免出现把"没发生过的事"变成"已经发生的事"。

具体到现在来说，就是因为现在您所在的公元2013年，并不存在"穿越时空的力量"。

因此，"未来已经有能够穿越时空的力量了"这件事情要绝对保密。

现在您差不多是不是觉得，脑子开始乱了呢？

因为我现在做的事情，和这些正相反，所以您脑子乱也是正常的。

但是，我觉得必须这样做，所以我现在，才在说这些话。

让我们再次回到刚才的话题。

重温
RELIVE BY HARUKA HOJO

我刚才确实说过，未来穿越过来的人是不会说什么"我是从未来穿越过来的"……

不过其实也是有笨蛋说过的。

虽然有些难以置信，但是"从未来穿越过来寻求boy meets girl（男孩遇见女孩）的笨蛋"确实存在。

真是笨呢。

先把这个笨蛋放到一边吧……

刚才我们一直在说"穿越时空的力量"，接下来具体介绍一下它的表象，就是这不到一厘米的小药片。使用方法非常简单，把这片药吃了就可以。只要吃下去，然后脑子里想一下要穿越过去的时代，力量就发动了。既可以到过去，也可以到未来，自由穿越时间。但是，这个力量不是所有人都能使用。这一点和公元3000年的社会架构有关，随后我来给您解释。

这个"能够穿越时间"的力量是被现在，也就是公元3000年的政府承认的。而历史上一般认为，最早得到承认其实是在2700年左右。明明这个力量是在2311年诞生的，对吧？

这说明，在政府看来这是一个"麻烦的力量"。为什么这么说呢？因为这种力量在穿越时间的同时还能穿越空间。诸如"贿赂""内幕交易"，等等，如果没有这样的力量是不会泄露出来的，即使再怎么加强警备，说得极端一点，即使是在被水泥封起来的密室

里进行，只要能够穿越空间，就不能构成安全保障。所以站在政府的角度，他们不能接受"能够穿越时间"等于"理论上也可以穿越空间"。

他们也只能说"因为人是没法穿越时间的，所以我们政治家收受贿赂搞内幕交易的证据录像等，和时间穿越一样都是胡说八道"。

您也许觉得这么做挺难看的，可归根到底，人类的本性就是如此。

然而，当政府官员中，出现了一位有当时间警察资质的人后，政府也就不得不承认存在"穿越时空的力量"了。

于是，他们成立了一个能在管理时间的同时进行监视，将"不合逻辑的事情"变得"合乎逻辑"的组织。这组织叫"时间警察"。您可别说这名字太俗，是他们"先"这样和我自报家门的，我也管不了他们。

时间警察收入很高。按这个时代换算的话，每月工资远超百万。这么热门的职业，想做的大有人在。

但即便想做，也不是谁都能如愿。

这是某位时间警察回溯过去调查后，发现的事实。

"穿越时空的力量"诞生于公元2311年，但要说是谁开发出来的，还真是个谜呢。当然，科学家的名字我们是知道的，但这涉及专有名词，所以暂且用"那家伙"或者是"他"来指代。在调查中发现，他正处在比他所处时代"更早"的时代。没错，为了躲过追查，

重温

RELIVE
BY
HARUKA
HOJO

他绝对不会前往"穿越时空的力量"已经开发出来之后的时代。

之后，把"他"的DNA样本带回到现代调查的结果表明，"时间警察"全员都与那位"科学家"有血缘关系。

我应该从一开始就先解释这个的。

"穿越时空的力量"，除了拥有血缘关系这个"特定资质"外，其他人只能使用五秒。没有"特定资质"的人就算吃了穿越时间的药，也只能穿越五秒。不管是到过去，还是到未来，五秒钟之后，都会强制回到原来的时代。反过来讲，只要有这个资质，强制回归就不会发生。一般认为，这单纯是制造出这种力量的科学家认为"要是谁都能用这个力量就糟了"，从而做的手脚。

也是研究这一点后才发现，"和科学家有血缘关系"的人，具有"做时间警察的资质"。

发现这一事实，也和当时的某种制度有关。

现代，也就是公元3000年，并没有所谓的"选择职业的自由"。

经过一定的教育培训后，人会被自动分配到有可能发挥天赋的职业上。

时间警察亦是如此。只要确定和科学家有血缘关系，那就没有选择的自由，"绝对"会被分配去当警察。

我自己也是在这种环境下长大的，所以本来并不觉得这种制度有什么"不自由"。但是因为某件事情，我开始觉得"这很奇怪"。

所以，我才决定这样做。

决定在遵从命运的基础上，挑战命运。

为了调查开发者而回到过去的警察，名字叫"yíng"。

凭借这件事立的功劳，组织同意她辞职。因为她本来也想做别的职业，所以应该很高兴吧。

她留了一份很私人的信息，虽然在这个场合不太合适，但姑且还是念一下：

"萤，我守约了。只是，当我确认是时间的恶作剧导致事情变成这样的时候，的确想过把他杀了。"

很可怕呢。我也并非只为了自己才这么做的……

应该跟您解释一下，她具体是因为"什么"而生气。

其实，最初成立"时间警察"这个组织的人，就是我。

不仅如此，给"yíng"发出"去1992年秋天的日本调查地震"指令的，不是别人，也是我。

因为，我本人，曾在过去的某个时间点，见过她。

是的，"已经发生的事"是无法变成"没发生过"的。这是时间的必然性。正因如此——夏天"美雪"融化消失，秋天"霞"颠覆时间，冬天"萤"在起舞，最后……春天"小雾"化作光芒。

没错，是光。

重温
RELIVE BY HARUKA HOJO

"小雾,我呢,已经决定了,为了把光带给你,我要颠覆一切。"
我在信上如此写道。

咔嚓响起一声。
这时,坐在会场中央的一位女士的餐具不慎掉落。
这位女士浑身颤抖。
想哭,却因为不知道怎么哭泣,而没有流出眼泪。
就是这般模样。
看到这一幕,读着这篇私记的男工作人员也眯起眼睛。
眼神仿佛包含着爱意。
从心底,对她。
会场透过窗户可以看到盛开的樱花,随风起舞。

然后,继续回到私记。
为了给她读《穿越时空的少女》。
为了遵守约定。

3 死期
RELIVE BY HARUKA HOJO

重温

RELIVE
BY
HARUKA
HOJO

　　那面镜子，在看着我。

　　不是我看镜子，而是镜子在看我。

　　准确地说，是镜子里的女人在看我。

　　然后，这位女人朝我搭话：

　　"这里，是什么时代？公元……这么说你也听不懂吧。大概，呃，是战国时代吗？你穿着一身白衣也就是说，你死了？可你能听见我的声音啊。为什么？"

　　奇怪的女人。

　　这位留着栗色长发的女人，穿着一身宽松的白衣。这是一种下半身全都被布裹着，完全没见过的衣服。

　　转生了多少次之后，我才知道，这东西叫裙子，是洋装的一种。但是那个时候对于我来说衣服，只是一种用腰带把单衣固定住的东西。我们这个时代想都没想过，上半身和下半身可以穿不同的衣服。所以这个女人的衣服，看起来很是奇怪（因为当时连皮带和卡扣都不知道，不清楚下半身的布是怎么固定上的，所以只能认为是裹上去的）。

　　而且更奇怪的，是装饰品。

她耳朵和鼻子上，架着一个透明的、只能称之为"怪东西"的物件。

（算了，这都无所谓。）

我这样想着。

反正我已经死了。看到一两只幽灵，也没什么好大惊小怪的吧。

而且我就算死了，也还会再以"小雾"的身份出生，所以根本无所谓。

跨越它——不管作为小雾，要过怎样的人生——

缺失它——这样的人生，终究不过是再次走向缺失……走向死亡的存在——

赌上它——所以啊，就连"赌一把"所蕴含的期待，都变得毫无意义——

这次也是，我明明又赌了一把，但依旧还是一个只有失去没有获得的人生。

我曾许愿希望这次眼里能有光明，但愿望也没有实现，而且我这次也没有怀上孩子。

所以，缺失了。

然后死掉了。

（好）

我这样想着。

（反正，我又会是小雾了。因为我只会，成为小雾……）

重温

RELIVE BY HARUKA HOJO

就算死掉，再复生，反正对于我来说世界也只是一片黑暗……

我想着这些。现在应该是我的葬礼吧。给我套上一身白衣，画上遗妆，放到棺材里，和其他随葬品放在一块。这次我是这个时代的贵族，所以葬礼也相当豪华。

随葬品里，有一面镜子。

我看着这面古老的镜子，里面映着一个不是自己的女人。

"这个叫眼镜，它能提高视力。而且在日本要等到很远的未来才能做出来，所以你吃惊也是很正常的。"

"yǎn，jìng？"

不，还有比它更重要的。

为什么，我能"看到"这个女人呢？

我的眼球，明明看不到光，只能看到一片黑暗。

"你问为什么？你也是千秋家的人吧？所以才能看到我……啊！"

"怎、怎么了？"

"原来是这样，从未来过来的yíng，和我也有血缘关系啊。所以她才能看到我。原来如此……是这么回事啊。"

"未来……？"

这种东西，我是没有的。

过去、未来，无论转生多少次，无论死掉多少回再出生多少回，我都是小雾。

自从被名叫小雾的命运抓到以来，就没有成为小雾以外生命的

"过去"。

所以，我应该是没有"未来"的吧。而且现在的这个状态，对了，我应该死了才对。

我明明已经死掉了，不应该能和活着的人类交流啊……

"没关系，我也不是活人。"

"……"

"我也和死了一样的。至少，已经没有肉身了。啊，你不用在意。我还挺享受这个状态的。之前都不知道回到过去的旅行会这么有趣。"

"旅行……"

旅行，我早就旅够了。

如果活着，活下去就是一种旅行的话，那我应该已经算是尝遍它的滋味了吧。

作为小雾的人生，我可体会得够够的了。

从某种意义上说，人生已经经历得太多了。

我都没有赌一把的想法了。

……自己也觉得很奇怪，我从没有以男性的身份出生过。但这一点和以女性身份出生，然后一次没生过孩子的命运比起来，就显得普通多了。

明白了这一点之后，自己就毫无遗憾，再也没有想要做成什么事的动力了。

重温

RELIVE
BY
HARUKA
HOJO

既没有活下去的动力,也没有死的动力。

即便如此,这个灵魂大概又会继续转生,又会成为女人,又叫小雾吧。

我不清楚这是为了什么,它真正的意义又是什么,但不知为何,我还是会继续重复这个过程。

所以从某种角度讲,我活着,也差不多和死人一样。

可能也是因为如此吧。我感觉能和这个女人说上话,是一种超乎想象的梦幻。

现在这个场景,估计是梦吧。

因为我是被小雾这个轮回囚禁,逃不掉的啊……

所以,我萌生了想和这面镜子说说话的念头,权当是一种小娱乐。

"我叫千秋霞。你呢?"

"小雾。"

"姓什么呢?"

"就叫小雾。没叫过小雾之外的名字。"

就算想叫别的,也叫不成。

我本来想说这么一句自嘲一下,可嘴却没有动。

这也是理所当然的,因为我已经死了嘛。

(不,就算还活着,我也不会笑。因为在这个轮回的连锁里,我没有一次觉得"开心"过。)

也可能反倒是之前那些人生的记忆都存在脑子里这样一个现实,

是它把笑容从我身上夺走了吧。

对于我来说，人世间一切的一切，都已经不再是"头一回"。

全都体验过一遍，所以什么都知道，什么事情对于我来说都是做过的了。

就算父母没有教过我，我也能在眼睛看不见的情况下做饭、打扫、洗衣服。这次转生成为贵族，连读书写字都学会了，所以对于我来说"没有体验"过的事情已经没有了。

小孩子做什么都开心，是因为他对这件事有新鲜感。相对地，一旦习惯了，对所有事情也会产生倦怠感。

反正，又会再转生的吧，可我已经没有"想做的事情"了。

明明活着也没什么意义了，可我的灵魂依旧"还"会重复这一过程。

听我这样说，眼前镜子里映着的这位叫霞的女人露出一脸不可思议的表情。

"你明明那么自由，却没有想做的事情吗？"

"自由？"

我当时想，这人说什么呢。

倒不如说，世上没有比我被"小雾"束缚的灵魂更不自由的事了吧。

"反过来想，这不就等于毫无限制的自由吗？"

"你这么想，纯粹是因为你没体验过'我'这种人生。"

重温

RELIVE BY HARUKA HOJO

已经重复了不知道多少遍了。

无论我生在什么家庭，我，还是我。

一样的长相，一样的手指，一样的身高，一样的性格，吃什么，不吃什么，我也只会是小雾。

当然也不是不老不死的，不吃饭也会瘦，饿到极限也会死。

即便如此，最后也是一样。反正还会再重新出生的。

像我这般毫无意义的人生，她为什么会说是自由呢？

"你要是到了我这个时代，一定会有办法的。"没错，镜子中的女人是这么说的，"有盲文，有音乐，就算眼睛看不见也有很多种娱乐方式。所以，千万别放弃。"

"……估计，你是从比我更未来的时代过来的吧。也就是说，我们所处的时代完全不同。你那个时代的娱乐，能让一个出生在几百年前，拥有连续记忆的我感到'快乐'吗？"

"这……"

"能让出生在任何时代，活在任何环境的人都一定感到'快乐'的娱乐，怕是不存在吧。"

我用一口咬定的语气说道。

因为这是事实。

出生在一千年前的人类，假如他穿越时空，出现在了一千年后，可能会对社会的变化感到惊讶，但恐怕并不会感到适应和舒心。

因为那个人活一辈子积累的认知，和现实差距太大了。

人类想要有"快乐"的感受，首先必须保证生活和其他环境处于"稳定"状态。

我通过一次次转生，已经知道了这个事实。

所以我才觉得，活着是看不到希望的。

霞露出一副为难的表情说道："你的眼睛，恐怕不是看不见呢。"

"这是什么意思……"

"这只是我的推测……我觉得你并没有想过要去看'此时此刻'，也就是'现在'。所以才看不见的。"

我完全不明白。

"人的眼睛，怎么可能映照出此时此刻之外的东西？"

"但实际上，你就不在'此时此刻'啊。你只是待在过去与未来的夹缝中。即便活着，也不会去想明天要做什么、为此'今天'要做什么、该准备什么……所以，你才看不见现在。"

"少胡扯了。"

我已经死了，所以做不到转过头把视线移开，这点让我很烦。

我已经是一具尸体，不想听她说了，可霞的声音还是传到了耳朵里：

"你没注意过自己的模样吧？毕竟也没法用镜子，这也正常。你呀，是个美人呢。脸小小的，眼睛圆溜溜的，黑头发特别漂亮。要是穿上白婚纱……在我这个时代是结婚时候穿的衣服，你跟这个可配了，超上相的。"

重温

RELIVE BY HARUKA HOJO

（这个所谓的未来人。）

如果我还活着，一定会讽刺似的撇撇嘴。

（反正又想强行主张自己的时代有多好吧。）

这就是所谓的"年轻"，只可惜这个女人并没有意识到。

单从年龄的角度讲，我早就超过五百岁了。

我本想无视她，但霞还是继续说："我想起来了。你和我女儿有点像，她叫清华。"

"烦死了……"

差不多给我闭嘴吧。我刚要这么说的时候，忽然注意到了一件事。

"yǎn jìng。"

"什么？"

"你鼻梁上架着的那个，能摘下来一下吗？"

可能是因为霞提到"女儿"了吧。我想起了一件事。

一段很远很远，藏在最初记忆里的事……

"眼镜吗？倒是无所谓，你看。"

霞把它摘了下来，我不由得脱口而出：

"妈妈……"

霞短暂地沉默了一下。

"呃，我又不是你的妈妈。"

我当然知道。但确实非常像。

自己从庞大的记忆中拣出来的"最初"的妈妈和霞非常像。

3 死期

"嗯?"这个霞,好像也注意到了什么,开口问道:"你不是眼睛看不见吗?可你却记得最初的妈妈长什么样子?为什么?"

是啊。为什么我会记得呢?我明明从来就没当过一次,"眼睛看得见"的小雾啊。

我努力思索着那段过往,但时间已经走到了最后。

"啊……"

霞看着旁边,告诉我一个残酷的事实。

"火……"

火葬开始了。

终于,这具身体也要化作骨灰,然后我的灵魂又要成为小雾吧。

"那个,你啊!"霞最后说,"你所说的,所有人都一定能享受到的娱乐。刚才我稍微想了一下,大概是有的哦。"

"是什么……"

"故事。"

"……"

火烧过来了。

我的白衣已经被点燃,手脚也开始烧起来了。

"如果你能成为'读者'的话,一定……"

我不记得这是什么时候的事情了。在我的第几次"死期"遇到的这位奇怪的女人,以及和她之间的对话。

然后，又过了不知道多少个四季之后……

"好久不见。"

这位少年开口说道。这是一个十分闷热的夏天时的事情。

"我叫保彦。要成为你的哥哥了。"

这个时候，我在心中暗自嘲笑。

（愚蠢的少年啊……论年龄我可比你早出生啊。）

不仅如此。

（我的脑中有着庞大的记忆。早已无法再扮演纯粹的"妹妹"了……）

这就是他和她的相遇。

然后这个叫保彦的少年，脖子上挂着一个小瓶子。

这是从遥远的未来带过来的，某位少女与某位少女在约定的最后，让少年得到的"穿越时空的力量"。

接着，不久之后，便是保彦和小雾许下"约定"的，时间收束的最后。

那一刻，小雾就会得到光。

有位叫Y的少女。Y在奇妙的命运回旋中，与一个叫y的朋友，及从3000年穿越来的少女警察yíng相识。

而在不久之前，Y想把从y的嫂子X那里听到的"奇妙故事"续上结尾，硬逼自己思考，为此还写了几篇草稿。虽然来自现实的设定稍

有欠缺，但她还是想到了"之后"这个结局会怎样。赌上这个结局，她最后以自己班级为原型写出了一本"书"。

这本"书"的主人公叫B，女主人公叫M。

半年之后，和B同名同姓的转校生真的来了。而且更吃惊的是，对方说的话，和Y所写的那本书里的内容一模一样。

B本身是个美少年，Y对他说的事情倒也不是完全没兴趣（正是因为如此，Y才写了这本书），可B在要做这件事时，完全没有担心过会出现"意外情况"，这让Y吃了一惊。

因此Y对此彻底没了热情，也失去了对B的一切兴趣。

不过，不久之后，Y认识了正在抓B的yíng，同时朋友y身边又遭遇不测，因此y遇到了b这个孩子。b虽然和B年龄差距很大，但长得非常像。

通过多个客观证据和时间点的重合，Y认为"这不是偶然"，并下定决心负起"责任"。于是Y明知是一番闹剧，也依旧配合B去演。

但是，这并不是为了B。这是为了让几年后长大成为少年的b，发现自己故事中的"矛盾点"。也就是说，Y把注下到了b身上。正因如此，她才要演得彻底。就是为了不让这个虚假的故事"再次"重复……

从结果来说，Y得到了一位朋友，也失去了一位朋友。

而Y在确认了"某件事"之后，把yíng给自己的小瓶子和里面的

重温
RELIVE
BY
HARUKA
HOJO

紫色药片，一并交给了注意到矛盾点的少年b，完成了自己的责任。

这是一个冬天的故事。一个美丽的雪在夜里如萤火虫般飞舞的故事。

但现在还没有人知道，这件事和少年b也就是一条保彦，与国枝小雾之间的"约定"有联系。

（这次好快啊……）

和这次的父亲一起出席母亲的葬礼时，这是小雾我的感想。

眼前，母亲的遗体已经入殓，接下来要进行火葬了。

父亲说去做最后的道别，于是小雾把手伸向"母亲"，打算像少女一样笑一下，但没有笑出来。

同时，也没有流下眼泪。

（这次的"妈妈"因为交通事故去世了……反正都一样。生下我的妈妈，无论如何也生不出"第二个孩子"，所以大致上家庭关系都和睦不了。）

一直以来，都是如此。

想要第二个孩子却生不出来的母亲，很痛苦。同时，小雾本人也一样。

假如说，她是个男孩的话，可能还会因为是继承人而被珍视，可身为独生女，又没有第二个孩子出生，在那个时代母女二人在家里都会变得不好过。

（没人，有好处。我出生，对谁，都没有任何，好处……可我还是……）

时间来到1998年。

失去了母亲后，六岁的小雾开始帮光棍爸爸做起家务。

"真棒啊，小雾。你才六岁，就已经会做家务了……"

父亲一副骄傲的语气，但拖着吸尘器的小雾脸上没有一点笑容。

不断重复转生的过程中，小雾事先已经经历过生火、淘米、打扫灶台的时代，对于有电饭煲、吸尘机、洗衣机的现代社会，她闭着眼都能玩转。

又过了半年，季节来到夏天。父亲用有些难以启齿的口气向小雾坦白："其实爸爸啊，那个……想要再婚……"

"哦。"

小雾觉得无所谓，就这样回了一声。

根据父亲的描述，再婚对象是老公病死的一条女士。

她去世的前夫是个资本家，生活上没什么困难。只是她想把财产全都原封不动地留给儿子，就出来打工挣生活费，又正巧和父亲在同一家公司上班。

然后他们就认识了，不知不觉互相吸引，决定再婚了。

"女方家呢，虽然好像不是亲生的，但有个儿子。我要是再婚的话，那孩子可能名义上就要和小雾成为兄妹了……"

"那个男生，今年多大了？"

重温
RELIVE
BY
HARUKA HOJO

"和小雾同岁哦。生日，好像是在十月吧。"

真扫兴。因为这次我是在七月出生的。

"要是这样的话，我的生日在先，我就是姐姐了。"

"这倒也是，不过听说对方好像是个非常聪明的孩子……"

"总而言之，我明白了。我不反对再婚。"

事后才知道，父亲和这位要成为后妈的女人，好像都决定如果双方孩子反对，就不提再婚的事情。也就是说，他们都把自己的感情放在自己孩子的意愿之后。尽管转生的结果使小雾无法成为"惹人怜爱的孩子"了，但她仍然能感受到，这次的"父亲"和"后妈"，为人都是非常真诚的。

最后两个人再婚了，不过好像没打算要孩子。恐怕也是考虑到现在两个人都带着孩子吧。

这位后妈并没有生下小雾，所以应该能生第三个孩子，但最后也没有去生。

小雾同意了再婚。过了一段时间后，父亲带着小雾来到了静冈县静冈市的一个很有名的日式餐厅。

她猜父亲要在这间餐厅里，给她介绍再婚对象和她的孩子。

正如预想的那样……在让人融化的热气和蝉鸣声，以及满眼鲜艳翠绿的夏日里（话是这样说，但小雾其实也看不见树木的颜色），小雾和那位少年相遇了。

"好久不见。"

这是少年说出的第一句话。

国枝小雾和一条保彦。

在夏天,他们第一次相遇。

4
始期
RELIVE BY HARUKA HOJO

重温

RELIVE BY HARUKA HOJO

一个词形容我妹妹,那就是可爱。

呃,我知道。从出生顺序上来说她是我姐姐,但可能是我想当"哥哥"吧,或者说,是我硬要演——

硬要演这个"哥哥"。

虽然我估计您听我吹家里人会觉得烦,但也请您继续听。

先介绍一下,父母再婚之后,我们一家因为父亲工作上的关系,搬到了滨北市。刚才我查了一下,有个很惊讶的发现,滨北市现在已经没了啊。合并完之后全都叫滨松市了。

我不太想贬低自己的老家,但这种操作就是有点不舒服。

尤其是我们搬到的地方叫新城,周围全是新建的独栋。也就是说包括我们家在内,大家都是陌生人,邻里之间的互动完全没有。

父亲早上一去滨松市上班之后,除了有点日常的动静之外,基本听不到人的说话声。很难想象这是一个有很多带着孩子的家庭住的地方。

现在想想,要是出点噪音,估计连谁投诉的都不知道,所以大家都小心翼翼地生活着吧。

当然了,我不是在说这里的坏话。我觉得哪个地方刚建好的街

区都会是这样。只是碰巧，我们一家搬过来的时机不太好。刨去这一点，这里的环境其实还不错。

比如说，这里有一家东西很好吃的蛋糕店，我喜欢他们家的半熟芝士蛋糕，妹妹说喜欢他们家的巧克力挞。我把零用钱存起来，给父母再婚之后第一次过生日的妹妹买东西，买的就是这个挞，那个时候的妹妹太可爱了。

附近也有农业高中，到秋天可以去参加校庆活动。一杯一百日元的猪肉汤可好喝了。还有，农产品也很便宜，妈妈经常买。

而且，后爸还会时不时地带蛋糕回来。

"可好吃了。这是从滨松最好吃的蛋糕店买的。法国师傅做的，味道很正宗哦。"

他好像这么说过。嗯，确实他家的"supreme"很好吃，像是一个把泡芙馅拿出来，外面撒一圈粉似的甜品……

啊，又想吃了。回去的时候顺便转转吧。那家蓝色的店还在吗？

呃，这些都无所谓。实在是不好意思。看来我确实有一说话就跑题的习惯。

那么，这段就讲到这里吧。可能有点马后炮，其实我从一开始就决定要聊这个话题了，一聊这些，不准备点什么感觉有点不合适。我知道各位在之后应该要用餐了，但我还是擅自点了一些甜点，希望您能从这些甜点中品尝到我和妹妹回忆里的味道。如果您能赏脸品尝一

重温
RELIVE BY HARUKA HOJO

下,相信妹妹她也会很高兴的。

那么,我为什么要说这些事情呢?因为必须先要把我和妹妹的相遇,以及我"为什么"会和妹妹许下某个约定的过程讲给您听。

这其实说起来也很简单,因为妹妹她眼睛看不见。于是我就想"做点什么"而已。

这个后妹妹眼睛看不见的事情,我之前已经听妈妈讲过了。我也知道双方父母再婚之后,都没有辞职的打算,所以家务事,必然就要由我替眼睛看不见的妹妹去做。

之前也提到过,当时我们一家住的,是在滨松都田附近一个叫新城的地方。虽然房子全新,该有的超市和药店也都有,生活环境适合居住,但因为是新城市的宿命,住户之间几乎没有交流。

早上,一家人吃完饭父母去上班之后,家里就剩我和妹妹。中午饭要么是妈妈早上做好热一下吃,要么就是爸爸或者妈妈利用公司午休时间回家做给我们。就是这样一种生活方式。

我和妹妹都没到上小学的年纪,而周围又没有托儿所或是幼儿园什么的。没有亲戚,也没有能照顾我们的大人。

所以,白天只有两个孩子在家的家庭,只能这么凑合过。虽说当地治安不算太差,但毕竟周围一个熟人没有,原则上父母还是跟我们强调不要离开家。来快递的时候也是,如果需要本人签字或者盖章的话,父母也让我们和快递员说"大人不在家",不让快递员进来。当

然了，他们还说过，白天要是门铃响了，也不要去开门。

可能会有听了这些之后皱起眉头的客人吧。道理我懂。我们两个都还没到上小学的年龄。把这样年纪的"两个孩子"单独留在家里，父母自己出去上班，不就是我们常说的"留守儿童"吗？

首先，您如果要从常识方面去反驳的话，这件事情还请您不要责怪我的父母。是说妈妈的行为失当也好，还是说爸爸不干人事也好，这些其实都没有。现实情况就是家边没有托儿所和幼儿园嘛，这也没办法。

可能有客人觉得这是找借口，但事后想想，父母把我们两个人留在家里的时候，我们俩其实也没有遇到什么小伤小病，也没有遇到什么孩子不知道怎么处理的事情。就算大人该在的时候没在我们身边，我和妹妹也安安全全地活过来了。事情就是这样，时间已经给出答案了。

想必身为父母，他们也没办法吧。

当现在我长大成人之后，也理解了这一点。

双方都是带着孩子再婚。而且作为一家之主的父亲带来的孩子眼睛还看不见。那就必然需要一个人来照顾她。

如果对我妈妈说"你把工作辞了，在家当专职主妇"的话，听起来就会变成"替我照顾我的孩子"，估计爸爸他也很难说出口吧。

那么，在此之前应该也会有人问"你作为家长，不就应该先照顾好自己的孩子吗？"，但我觉得我不是来让父母承担责任的。站在受害者立场上，我要说的其实很简单：我和我妹妹"没问题"的。我觉得正因为有了这句"没问题"，父母才决定再婚的。

可能也有人会说别讲什么结果论。可偏偏结果论的结果就是，"这样"长大的妹妹今天成了这场宴会的主人公之一。在这么值得庆祝的日子里，就不要继续抱怨了吧……

要说为什么我在这件事情上说了这么多，是因为现在回想起来，我认为原因在于"这个"。

闭锁的环境。

因为其他大人无法信任，所以基本不出家门。

因为刚搬过来，所以没有熟人，没有朋友。

当地车流量并不大，去外面玩会有危险，会被车轧到啊，等等，这些其实没必要过于担心。这个新家不带院子，再加上当时我们住的地方，附近也没有能让这个年龄段的孩子轻松游戏的公园。

种种因素叠加起来，我和妹妹自然而然就只能在家里玩了，这也没办法。我也是第一次和眼睛看不见的人接触，先不说家里怎么样，就说去了外面，我当时的脑子也没有好到知道怎么在外面引导盲人走路。

其实，我真正要说的从这里开始。

一般来说，照顾盲人的生活，应该有一个"大概会是这样"的预想对吧。但这个预想就到此为止了。

没错，"事情并不是这样"的。

4

我妹妹并不是我们所理解的那种"盲人"。

然后……现在一切都明白了，所以我才能说，这正是一种讽刺。

这就是名为命运的悖论。

假如，那个时候的妹妹……是一个"普通"的盲人的话，会怎么样呢……

一句话总结就是，我的妹妹不只是可爱，脑子也非常好。

厨房里菜刀和案板放的地方，微波炉、冰箱在哪里，冰箱第一层是肉和鱼，鸡蛋在门上侧，牛奶在鸡蛋下面。菜放在第二层的门里，现在上半扇放的是香菇和秋葵，下半扇放的是菠菜和卷心菜……

油壶在橱柜里，平底锅在油上面那层。炒菜的铲子在餐具收纳盒里，灶台按下按钮就能点火，上面的旋钮可以调整火的大小。妹妹她眼睛看不见，但我只教了一遍，她就把各种各样工具的位置和厨房的构造完美地记了下来。

做饭的人应该知道，我说的这些，是在使用刚才列举的食材进行烹饪时，最起码要知道的事情。

当时我和妹妹，都只有六岁。

我们都没到要学做饭的年龄，而且我们在家长的眼皮子底下如果想动菜刀或者想把灶点起来的话，是一定会被他们拦住的吧。

我自己倒是觉得，努努力应该能捏出个饭团什么的……但与其让我做饭，妈妈大概还是会选择自己动手吧。

重温
RELIVE BY HARUKA HOJO

那么，究竟发生了什么事呢？有一天，妈妈忘记做中午饭了。

当时我应该会用微波炉之类的厨具，但妈妈还是在吃中午饭之前从公司给我们打了个电话。

"我忘记给你们做午饭了……你们点个外卖吧。电话旁边有传单吧？"

我听到之后，传话给妹妹。然后妹妹她问："你有钱吗？"

这真就是，所谓命运的分岔口吧。

因为前一天，我刚买了冈部萤的《改写》，正好没钱。

会场里有个人，想要从座位上站起来。

但是，当继续念稿的工作人员往那边看的时候，这位要站起来的人已经老实地坐回去了。

我跟妹妹坦白之后，妹妹说：

"你把菜刀放的地方和灶台的位置告诉我。"

然后就像我之前所说的，我把厨房里有什么，冰箱里有什么告诉了她。

我再说一遍，妹妹当时只有六岁。

厨房的……那个用菜刀切菜和肉的柜台，我和妹妹的身高都不够站到那里切菜的，当然做不了饭。而且本来我连"做饭"的想法都没有。当时的我是这么想的：

"哎，今天中午饿一顿吧。没办法啊。"

可妹妹竟然开始做饭了。

我真的吓了一跳。

眼睛看不见的妹妹，把餐桌的椅子搬到厨房，站在上面把菜刀和案板拿出来，然后让我去冰箱把肉和菜拿过去。当然，我也按照她说的去做了。

"你在做什么呢？"

"现在没办法了，我来做饭。简单炒一个菜，来个味噌汤，再加上米饭够了吧，哥哥。"

"太危险了，爸爸不是说不让我们拿菜刀吗？"

"他只是不让哥哥拿而已，我已经习惯了。"

说着，妹妹切好圆白菜和肉，往平底锅里倒上油，然后就炒了起来。

"我惊讶地瞪大眼睛，站在妹妹的旁边。"

信读到这里，工作人员的声音开始有些颤抖。

"往味噌汤里加高汤……拿海带和鲣鱼干熬出汤汁，再把食材放进去煮，将味噌熬到里面。我现在长大了，自然也知道这个顺序了。但当时我只有六岁，连什么叫高汤都不知道呢。这一点，您不觉得惊讶吗？"

工作人员在这里顿了一下，轻轻地吸了下鼻子。

重温
RELIVE
BY
HARUKA
HOJO

"眼睛看不见的妹妹，一副熟练的样子开始做饭。调味的时候，盐在哪里啊，哪个是酱油啊之类的，只能是一个一个问我。我这妹妹应该没点火炒过菜，应该不知道炒到什么地步算合适的妹妹她……"

讲话还在继续。

"为什么，会知道这些……非常熟练……就好像，就好像同一件事已经重复做了几百遍一样……"

"饭做好了，哥哥，把盘子拿过来。"

她对我说这些的时候，我感觉自己像看到了魔法一般。

只有妈妈会做的"饭"被妹妹漂亮地做出来，而且还很好吃。

有猪肉炒圆白菜，还配上加了秋葵的味噌汤。饭是拿微波炉热过的速冻米饭，这也是我唯一做出来的东西。

我只是默默地看着眼睛看不见的妹妹；她以小孩子的体格，站在椅子上，冒着手可能被切到的风险来做饭。

我开始觉得自己，太不像话了。

退一百步讲，如果妹妹做的饭不好吃的话，我还可以说两句找个台阶下：

"毕竟眼睛看不见嘛，味道肯定不好控制。"

"下次，哥哥给你做。"

但是，我真的什么都做不到。

这顿饭，也是因为自己乱花钱，连给饿肚子的妹妹叫个外卖都做

不到才做的，真是个"废物哥哥"。

包括别的事情，还有很多。

比如说，有一回小雾稍微切到了一下手，流血的时候。我慌里慌张，而小雾却没有寻求我的帮助，直接到记忆里放药箱的地方去取消毒液，很熟练地处理好了。

陌生人来电话了，不知道怎么接话的时候，接过听筒，用流畅的敬语回话的人，不是身为哥哥的我，而是妹妹。

某一天，我觉得很好奇，问了一下后爸。"小雾怎么这么有教养啊，爸爸你这么重视教育的吗"之类的。可是，爸爸他却摇了摇头。

小雾从一出生就是这样，从没见她哭过，也没听她抱怨过什么。就连眼睛看不见这个事情，她也从不说自己辛苦。只不过相对地，也没见她朝我们微笑过。

我记得，这一刻我还是稍微受到了一点打击的。当时我不知道这种感情叫什么，但现在我明白了，应该叫"怜悯"吧。

如果我更靠得住的话，小雾就不用这么辛苦了；如果我替她给家里帮忙的话，她就不会这么没有感情了。

可是，实际上，我无法成为妹妹的助力。

我能做到的，也许只有给眼睛看不见的妹妹念"故事"这种小事吧。

所以……我决定了。

我要把我能做的事，都做一遍。

重温

RELIVE BY HARUKA HOJO

只要能有一点可能性，我就不放弃。

一定找出原因，追查到底，无论发生什么，都一定要实现它。

……好像又跑题了是吧。

妈妈回到家后，知道我们吃了妹妹做的中午饭之后，和我一样也很吃惊。

顺便提一句，爸爸并没有吃惊。因为在再婚之前他就知道妹妹能正常做家务。

"你为什么不跟我们说（妹妹虽然看不见，但家务事照样能做）呢？"

妈妈这么问爸爸。而爸爸是这么回答的：

"因为我女儿真的看不见，所以我觉得说了你们也不会信的。"

在爸爸看来，小雾能自己把身边事处理好是很正常的。而且从常识的角度想想，这些其实都不是这个年龄的孩子能做到的事情，所以也很难把这件事跟家里人说吧。

那天晚饭的时候，妈妈和妹妹说，"那你做一顿试试？"

然后我妹妹就很熟练地做好了一顿饭，从此之后妈妈就非常信任妹妹了。

"以后，中午饭就能交给你做了。"

妈妈说了这么一句。我补充一句，这就是句客套话。这就和孩子弄得满地都是玩具，家长说"收拾起来"之后，孩子收拾完时说

的那句"真厉害真厉害,那以后,都要自己好好收拾哦"是一个意思。所以,虽然全家都知道小雾会做饭,但在生活上并没有什么太大变化。

只是,在我的记忆里,有几次早上确实来不及的时候,或者是父母一起出差去哪里的时候,真的是没办法了,妈妈就会说:

"小雾啊,今天能拜托你,做一下中午饭吗?"

这样拜托小雾。

听妈妈这么说,小雾也什么都没说,只是点了点头。

然后那一天小雾不光做了饭,还顺带把家务都做了。

比如说我在看书的时候,妹妹就会自己把吸尘机插上电,我在玩游戏的时候不经意往外一看,妹妹正在收晒好的衣服,然后回房间把它们叠好。

嗯,是个好妹妹吧。

和人家一比,我……

呃,就不说那些丧气的话了。

总之随着这样的日子不断持续,我也开始想为妹妹做些什么。

可什么都做不到。没有钱,也没有技术。我这个哥哥虽然基本没有动手能力,但是仍然想做点"什么"。

没过多久,我开始上小学了。

可是,和我同岁的妹妹并没有和我上同一个学校。这件事父母和我们学校的老师,以及盲人学校的老师好像认真讨论过几次,讨论的

重温

RELIVE
BY
HARUKA
HOJO

结果还是"您家孩子进一般的学校还是……"

"可是,我们小雾会写字,交流上没有问题的。"

"您几位说得没错,但是……"

客厅里父母和好几位大人在讨论这个话题,虽然他们和我说不要进客厅让我待在二楼,但我还是听到了他们的谈话。

我能听到,那我身边的妹妹应该也能听到吧。

小雾,当时是怎么想的呢?

至少我是很不高兴的。

因为我想和小雾一起上学。

所以,听楼下大人们一直在讨论的时候,我心里就想:

"为什么,像是在甩包袱一样谈这个事情呢……"

呃,当时我还不知道什么叫甩包袱,应该想的是别的概念或者别的词吧,但是感情是一样的。

也就是说,我当时没法很好地把自己的感情用语言表达出来。

那时我马上强烈地意识到,我必须为妹妹做些"什么"。

自己,能做到什么呢?

电视只有一楼有,没法陪她玩游戏。而且本来陪她玩游戏也没有什么意义。

楼下有客人,所以也没法和小雾一起唱歌。

(明明我是哥哥,可我却没法为受委屈的妹妹做点什么)

到底我能做些什么,想到最后,我把手伸向了书。

"小雾,过来。"

"哥哥啊,给你读书。"

"你想听哪个?啊,全是漫画啊。好,哥哥下次去买小雾也能觉得好玩的书。"

我和大多数小孩一样,上小学之前基本在读漫画一类的东西。可从那天开始,会有意地尽量找一些没有插画,只靠文字也能传达乐趣的"故事"书来看,虽然那些书还没有深到小说的地步。

小雾,你还记得吗?

那是老师们第几次来家里讨论这个事的时候,你伸出手。

"读这个吧。"

说着,往我手里塞了一本小说。

是冈部萤写的《复写》。

说到这,我可不是故意要吹自己一把。当时我可是在那个冬天获得"作者"本人亲封,揭露了"故事里掩盖的真相"的。

老实说,只有那一刻。小雾看着我:

"啊,真的啊。想了一下确实会变成那样。好厉害呢。"

说了这一句。

读书的时候,我们忘记了时间的流逝,等回过神来,房间已浸满了黄昏的颜色。

讨论完事情的爸爸走上来,把灯打开。

"这可不行啊,在这么黑的地方看书,保彦连你也要……"

重温

RELIVE
BY
HARUKA
HOJO

把眼睛看坏啊。我猜爸爸他是想这么说吧。虽然在小雾面前他最后时刻把嘴闭上了。

然后爸爸抱起小雾。

"小雾,你和保彦,可能最后还是要去不同的学校吧。"爸爸愧疚地说。

妹妹她什么都没说。

然后,过了几年……我听说有本叫《穿越时空的少女》的书发售了。

妹妹对那本书有点兴趣,所以我就和她约好念给她听。

因为我觉得,这是仅有的几个,我能做到的事情。

说起来,那一天我突然想到。

"我是能做到的。"

有种办法,就算不需要我来念,也能实现念给她听的"约定"。

我想到了,这唯一的可能性。

只要用挂在我脖子上的"这个",就能让妹妹的眼睛获得光明。

因为在《穿越时空的少女》之前,我已经读过《复写》这本书了。

没错,只要能搞到穿越过来的"保彦"用过的,那个一瞬间治好伤的装置……

我下定了决心。

当时,虽然我还不知道……

母亲在"秋天"消失的因果。

姐姐在"冬天"给我的力量。

引导着"春天"看不见的妹妹。

开启了"夏天"的故事……

"就这样,我决定使用穿越时空的力量,穿越到2311年。"

5 色
RELIVE BY HARUKA HOJO

重温

RELIVE
BY
HARUKA
HOJO

"我想到治好小雾眼睛的方法了。"

这是我确定去特殊教育学校上学之后,又过了几天发生的事情。和平时一样,我和哥哥两个人待在滨北市的家中。我正忙着把晾晒的衣服收进来,叠好放进衣柜,而哥哥那会儿在做什么呢?我以为他会在自己的屋里读书,结果他突然冲我来了这么一句。

我当时在想,这个愚蠢的少年在说什么呢。

同时,我又想起了那个女人……霞。

(说起来……)

眼前的这个弟弟。按照他自己的说法,算是我的"哥哥"保彦。

(头发的颜色,和那个时候见到的镜子里的女人,那个霞好像有些像……)

我知道,世上头发颜色相近的人有很多。

我虽然不知道霞是什么时代的女人,但我觉得就算很像,应该这之间也没有什么因果关系吧。

我眼睛看不见所以不太清楚,但听说这位保彦哥哥的眼睛,在纯种日本人里比较少见。

眼睛是绿色的。

为什么会是这种颜色,哥哥本人好像也不清楚。

颜色?

绿的?

头发的颜色?

为什么,我能看见呢?

霞就算了。那个时候镜子里看到的女人,估计都不是人类吧。而且她本人也说,肉身已经死了。

可是,我为什么会知道,哥哥头发的颜色是"那样"的呢?

明明我连"绿"是种什么颜色都不知道。

举个例子,再婚一年之后,我和父亲以及后妈,再加上保彦,一起去赏过花。

在樱花盛开的河堤上铺上垫子,拿出便当,除我以外的其他三个人享受着赏樱的快乐。

而我只是普通地吃饭。

我连花都不知道是什么东西,赏花对我来说没有意义。

对了,说起来那个时候,我这愚蠢的哥哥,一直拼命朝我搭话来着。

"小雾,樱花可漂亮了。可厉害了。走到哪里都是樱花呢。超级、超级漂亮的。像花的洪水一样。"

嗯,哥哥。

"这辈子"的哥哥。

重温

RELIVE
BY
HARUKA
HOJO

对于我这个眼睛看不见的人来说，愚蠢的哥哥你怎么就不明白，我分不出花啊虫啊草啊这些东西，我只把它们当作是"物体"罢了。

这个蠢哥哥，真是一点都不理解"眼睛看不见"的人心里是怎么想的。

连炒个菜做碗味噌汤都不会的蠢小孩。

我最讨厌了。

我好像昨天在梦里梦到了这些，梦就梦吧。

然后，我们都到了要上"小学"的年纪。

我因为眼睛看不见，要和哥哥去不同的学校。

有件事，让我稍微有点头疼。

江户时代以前，我当贵族的时候都没有过这么幸福的烦恼。现在是现代社会，到处都需要用"纸"。

在家的时候没关系。父亲和后妈性格都比较认真，工作日也会每天用吸尘器打扫一遍，哥哥保彦也不会把自己的东西到处乱放。只要记住家具的位置和房间的布局，可以很顺畅地走路，也不会撞到东西。

但是，如果去学校的话，我就会频繁地摔倒。

因为到处都是纸。

类似桌子上的笔记这些东西掉到地上，对我是非常危险的。

因为头疼纸的问题，所以顺带着就做了头发的梦吧。（日语中纸

与头发读音相同）

我眼睛看不见，所以也分辨不出"纸"上到底写没写着字。

以前没有这种事。

"白纸"会被严格管理，如果是写下记录的纸，更会小心保管。因为这个没有替代品。至少在我的认知范围里，江户时代也一样是对"纸"严格管理的。

可是，这次我出生长大的公元一九九几到二〇〇几年又是什么状况呢？

到处都是纸。

不存在没有纸的家庭，没有纸的公司。当年那么重要的"白纸"，就直接包在塑料小包里，在街上免费发（哥哥告诉我这个东西叫纸巾）。

这，我就很头疼了。

我分不出"写着字的纸"，也就是"有意义的纸"和"白纸"的区别了。

举个例子，报纸我是能分出来的。纸一摸有点糙，边缘还有小锯齿似的切痕，而且也没有其他东西是这样薄薄的几张纸成捆放在一起的。报纸里面放的传单也一样，手感也很独特，一摸就能分出来。

书，还有杂志也能分出来。

真正头疼的，是学校里用的课本和笔记本。而其中最愁的就是"从笔记本上撕下来的单张纸"。

因为摸完也不知道上面有没有字,所以根本不知道该不该扔。

新笔记本和用过的旧笔记本的区别也是一个道理。用过的旧笔记本大概率是谁的东西,不能扔。

再加上,我去到的学校问题孩子很多,走廊上教室里经常到处是纸。

对于第一次穿上"室内鞋"的我来说,学校的走廊和教室是一个给我带来恐惧的地方。根本不知道会有什么东西掉在地上,捡起来也不知道这东西是谁的,该不该扔。

不过,很快这个问题就解决了。

(没错,就是……)

"我想到治好小雾眼睛的方法了。"

第二天,笨哥哥说了这么一句话。

同时,这一天也是哥哥消失的日子。

"哥哥?"

我没什么事情要找他。

房间的布局、家具的位置、冰箱的位置、包括里面食物是怎么摆放的,我都记住了。

所以,我一个人口渴的时候也可以去冰箱,拿出牛奶或者果汁,倒在杯子里,然后再把它放回原处。所以,口渴的时候不需要哥哥,我一个人就够了。

饿了也一样，妈妈买的点心和小面包放的地方，电饭锅也知道放在哪里，同样没问题。

我对现在的状态很满意。

一日三餐，只要有白米饭捏的饭团吃，我就不会抱怨。如果再有口水喝，对于这活了一千年的灵魂就足够了。

这个国家，现在日子过得就是这么好。

待在家里总有办法活下去。

和以前因为"眼睛看不见"被父母抛弃，只能靠吃杂草和虫子，以及喝河水生活，最后一岁半就死掉的"小雾"比起来，现代社会就是天堂。

所以……那个时候，我完全不知道，哥哥想要做什么，而做完之后哥哥又想得到什么。

一拧水龙头，就会流出喝了不会闹肚子的水，旋钮一转，不用柴火点着就能燃起不灭的火，每个家庭都能冷藏保存新鲜食材。

"这个时代"过于幸福了，所以我根本想不到，哥哥会去追求一个不是这个"时代"的"时代"。

所以，我没有注意到那张纸。

我没什么事情要找哥哥。

只是，家里没有哥哥在的感觉。没有东西发出声音，也听不到有人说话。

重温

RELIVE BY HARUKA HOJO

我觉得有些可疑,于是走出自己房间,去找哥哥。

"哥哥?"

好像哥哥没在他的房间里。

"哥哥?你在哪儿?"

也不在楼梯上。

"你在哪里?妈妈不是说了捉迷藏太危险,不要玩了吗?"

一层的客厅、浴室、厨房、客厅、过道都没有。

我想那可能是出去了吧,可到了过道上一摸,哥哥的鞋还在。门也是锁着的,备用钥匙也还在鞋柜上。那就是说,他不是出去了。

"哥哥?"

我只觉得生气。

要是没出门的话,那哥哥还在家里。但是怎么找也找不出来,那我只能认为他是在捉弄我。

"哥哥,你再使坏的话,我就要给妈妈打电话了哦。"

我已经记住怎么打电话了,所以假装拿起听筒装出一副要打电话的样子来,但依旧没有反应。

"……那我可,真打电话了啊。"

这时,从开着的窗户里吹进一阵风。

这阵风,把一张纸吹到了我脚边。

我知道,这张纸是那种"笔记本上撕下来的一页"。

国枝家有个规矩,为了避免小雾摔倒,所有的东西必须放回原位。这是因为我在学校体会了太多这种恐惧,向父母提出"唯一请求"的产物。

所以,我把它丢到了垃圾箱里。

然后,给妈妈打了电话。

从这一天开始,哥哥保彦就失踪了。

父母在街上找来找去,也找了警察,请过对方来搜查,可最后,还是没有找到哥哥。

那个时候,我好像,闻到了一种有些怀念的香味。

这是公元2002年夏天,发生的事情。

我并不知道。

当时我扔掉的那张纸上面写着哥哥的留言。

不但我没注意到,父母也一样,没想过自家的垃圾箱里会有哥哥失踪的线索,所以最后这张纸上的字谁都没有看到。

然后第二天,时间警察发现了它,然后,它再一次被处理掉了。

第二天,一个自称叫小林的男警官,来到了国枝家。

"我是静冈县的警察小林,负责国枝保彦小朋友失踪一案。"

"拜托您了。"

父亲在旁边低头行礼时,我在坐垫上正座,那个时候,我突然闻到了一种奇妙的味道。

重温

RELIVE BY HARUKA HOJO

（这是，什么呢？）

一股陌生的香味。

（警察先生身上微微散发的这种香味……）

感觉，和昨天哥哥失踪时闻到的那种香味是一样的。

虽然我注意到了这点，但是一个孩子，而且还是一个看不见的孩子是没有发言权的。父母只是让我老老实实待着，不要妨碍警察先生办案。所以实际上，我一直待在会客室里，一步都没有走出去过。

所以，我没有注意到，之后发生的事情。

"家里，可能有什么和失踪有关的线索。所以，能让我进去看一下您家吗？"

父母当然同意了小林的要求，把我留在会客厅里之后去了房间。

在家里转了一圈，听完父母的介绍之后小林离开了国枝家。然后，他走到了一个谁都看不到的地方，在空无一物的空间里拿出一个对讲机似的东西，说起话来：

"嗯，是我。任务完成了。那张纸条已经回收了。真是在垃圾箱里……对了。我已经给国枝夫妇下完暗示了。之后等把这边'静冈县的警察小林警部'和'在建筑公司上班的石田章介'的痕迹抹去，就回未来。"

说着小林切断了通话，把前几天小雾扔掉的纸片打开，看着上面的留言，苦笑了一下。

纸上写着"我去2311年取治小雾眼睛的药"。

哥哥，最后还是没找到。

不知道是不是和这件事有关，第二年，国枝家搬走了。

搬家的理由，父母没有和我说。我只能擅自猜测，应该是不想待在留有哥哥回忆的地方吧。

新家搬到了同属静冈县的藤枝市冈部町。

又过了几年，从小学毕业后，我本以为到了中学还会继续上盲人学校，然而某天，爸爸突然提到了某个中学的校名，说让我去那边上学，我非常吃惊。而且还说材料之类的都已经交过去，学校那边也确认过，手续都办好了。

"呃……"

我是在吃饭的时候听到了这些，吓得筷子都差点掉了。

"我，去那个中学？可是……"

"就这样吧。"父亲说道，"没问题的。就算眼睛看不见，小雾也能去普通的中学上学的。"

"可就算去上课，我也看不见黑板上的字，课本不是盲文的我也读不了，而且……"

最重要的是，我觉得让我去"普通的学校"这件事不太对。虽然，明治大正时代我也上过学，但现在和过去的课程啊课本啊等，这些全都不一样。所以，我有些害怕。

重温

RELIVE
BY
HARUKA
HOJO

可是，父亲的决定不容更改。

"就这样吧。"

从头到尾，父亲都用有点强硬的语气说着。

一年后，公元2006年。我成了冈部中学二年级四班的学生。

七月一日，来了一位转校生。

我虽然不知道转校生长什么样子，但从旁边座位女生们叽叽喳喳地讨论声中多少听到了一些。

"真的好帅啊。"

"哇，和偶像一样……"

"眼睛不是黑色的呢，是不是外国混血啊？"

通过她们的窃窃私语，我想象了一下他的长相。

然后，听到了这位转校生自我介绍的声音。

"初次见面，我是园田保彦。"

他的声音和身上传来的香味，不知为何，让我心头一紧。

在不断重复的秋天里，这个场景并没有被y的嫂子B·X手里那面"显示过去的镜子"照到，其实是有正经理由的。"B去她上班的书店拜托她做的事，她向镜子许愿去看这件事的结果时"，她想看的只和"这位叫B的少年所找的书的一页"相关。假如说她希望看到的是"和这个孩子相关的未来"的话，应该就能从镜子里看到2006年的

这个未来了吧。没错,因为那时他的目的并不是找书。

如果真要变成这样的话,在这位姓B的X的角度,恐怕只会引发更大的混乱,可能她没有那么许愿是件好事。

这位B·X没有生下"他",所以就不能干涉"有他的未来"了。最后迎来的,就是自己的过去和未来在镜子中不断循环的结局。因为"他"存在的未来里,是不允许她的那面镜子存在的。就算,那是另一半镜子,也不允许。

可是,如果不是那位姓B的,而是那位姓Q的,也就是Q·X来用镜子的话,可能又会用一脸愣住的表情说:"那个孩子的话,又……"

不管怎么说,X是有推翻一切,甚至全盘否定自家血脉的前科。

只是为了救自己的孩子。

为了保护自己孩子活着的未来这种可能性。

连X自己都不知道。

真相其实就是,那么做是"对的"。

正因为它是对的,所以X和小雾,在会在命运的流转中有过一次邂逅。

因为"X和小雾同处一个时代"这件事,也是正确的。

重温
RELIVE
BY
HARUKA
HOJO

　　Q家代代相传的"看到过去的镜子"和"向未来传送东西的镜子"。

　　这便是"穿越时空的力量"。

　　小雾，她不知道。

　　小雾才是X手里那面镜子，第二代的继承人。

　　秋天，又将重复……

6
指挥
RELIVE BY HARUKA HOJO

重温

RELIVE
BY
HARUKA
HOJO

视频放完了吧。

刚才这个是我自己制作的《复写》《改写》及《复演》的原委。我摘出要点，剪成了视频。

这三者，都是"已经发生"了的事情。

"穿越时空的力量""看见过去的镜子""向未来传送东西的镜子""给一个人注入完全不同的人格，并让这个人相信一个不是家人的人是自己的家人"，等等。

这些，都是可以做到的。

在我来到的未来，这些都是能做到的。

先说一下，《复写》里面出现的"小林警部"和"美雪的丈夫石田章介"是同一个人，都是由从未来穿越来的时间警察扮演的。

小林是从未来派过来，负责回收某个东西的。在这个任务之余，他还要监视同事"美雪"，为此，我使用了同样的技术，让他相信"自己是石田章介，美雪的丈夫"。

尔后，让他假装被派到海外工作，在离开日本的同时解除暗示，再用"穿越时空的力量"从飞机内逃出，让他到《复写》一书中"美雪被跟踪狂跟踪"的那一幕,去与忘记"丈夫章介"长相的"美雪"接触。

是的,事情就是这样。

美雪与小林接触时,没有想过"奇怪,这个人不是我丈夫吗?",也是因为那个时候暗示已经解除了。

那么,接下来的故事就要很长,而且很复杂了。

因为简单来说,这一切都是我"指挥"的。

首先,在了解《复写》《改写》《复演》梗概的基础上,更重要的是要抓住这三者之间"前面的事情如果不发生的话,接下来的事也不会发生"这个关键点。

也就是说,《复写》的事情不发生的话,也不会出现《改写》中改变过去的情况;而《改写》的故事不发生的话,由《复演》所引发的"'回避'复写"也同样不会发生。

然后,从现在开始,我要做的行为,是不是可以称作是"重温"呢?

如果不做这个,"复写"也就不会发生了。

我现在说的"复写"这个词,其实正如大家所见,这和我在1992年夏天,静冈县冈部中学发动的"复写"不是一回事。

是的。我又发动了一次"复写"。

因为我觉得必须这样做。

重温

RELIVE
BY
HARUKA
HOJO

这一点，我最后再和大家解释吧……

正如之前所说，"我"就是成立了时间警察组织的人。

那么，为什么要成立这样一个组织呢？因为我要防止没有"时间警察"的未来被"复写"掉。

"时间警察"这个组织是"必然会成立"的。"没有成立它的未来"是不可能存在的。

这也不用多解释，道理和"复写"时一样。因为这东西已经是"存在"的了，就没有办法让它"不存在"。而且，反正就算不是由我来成立，也一定会有谁去成立它的。

这么解释听着像在给自己开脱，挺卑鄙的是吧。那我好好解释。

首先，在《复写》这个故事发生的时候，"穿越时空的力量"在公元2311年"存在"这一点，是铁一般的事实。

当然了，之前提到的"从未来穿越过来的笨蛋"有可能在年代上说瞎话。不过，这一点也没有必要必须是实话。2310年也好，2312年也罢，"从未来穿越过来"这个事实是不会变的。

可是，之后的故事《复演》中，从公元3000年穿越过来的yíng，也确实说过"穿越时空的力量发现于2311年"。

从未来穿越过来的笨蛋和yíng，之前是没有见过的。也就是说，他们明明没有事先串过词，但确实都说出了同样的一个"穿越时空的力量存在的年代"，因此这个笨蛋并没有说谎。笨蛋的话，都是真的。

除了那句非常轻浮的"只有你"吧……

当然,"美雪"也是不存在的,而且"真正的第一个人"另有其人。但是,正如《复演》中那位聪明的女孩所说,这个人是谁,在此时此刻都没有关系。无论第一个人是谁,"复演"里"缺失时间的少女,相良盈""赌上时间的少女,雨宫友惠",和二人合谋的"书写时间的少女,大槻美雪",在诞生的那一刻起,《穿越时空的少女》这本书就确定会存在了。

正因如此,我才不得不成立时间警察组织。

刚才说谁成立都行,反正会有谁去成立的,这句话是假的。不,应该说是为了负起这个责任必须要说这个谎。

……我想了一下,如果我先解释这个原因的话,会让您的头脑更加混乱,所以,我还是先和您挑明我具体干了些什么。

首先,我成立了时间警察这个组织,对"穿越时空的力量"进行管理。这个职务,除了我,其他人是绝对当不了的,理由我之后再说。

然后,最初先让为数不多的警察,去调查历史上那些怎么查也查不明白的事情……用各位所处时代能听懂的例子的话,比如说暗杀肯尼迪总统的真相啊,某一年9月11日发生的悲剧背后的真相啊,把这些查清楚,并在社会上公布。这样一来时间警察就成功得到了市民权和相应的权力。我想让老百姓认识到,进行时间旅行,调查点什么事

重温
RELIVE BY HARUKA HOJO

情的工作在现代社会是有必要的。

"我做到这一步的理由，简单来说其实和《复写》的时候一样。我接下来要做的事情，需要用更加耗费人力的办法，所以我想让人数越多越好。"

好了，警察的数量也凑够了。等到《复演》里出场的少女"yíng"加入警察队伍的时候，我觉得时机成熟了。等到她十四岁，回忆起假装被她追逐的次数，算好穿越时间药的量，等来到"赌上时间的少女"身边时，药正好控制到两片，再把"穿越时空的力量"和任务一起交给yíng。

因为不这样做，到2311年的少年就"不能回来"了。

具体介绍一下药量的分配，yíng手上，最后剩了两片药。算上"赌上时间的少女"雨宫友惠小姐从笨蛋那里得到的一共是三片。让yíng去1998年用了一片还剩两片，最后还要给yíng回未来留一片，所以她把最后的一片药，带到了它"应该在的地方"。

对了，这件事之前也说过……

不幸去世的樱井唯同学和长谷川敦子同学，其实正如之前所说，她们本来可以不死的。但是，这两个人没有"遵守约定"。也就是说，他们没有把笨蛋给他们的药拿去穿越到十年后取手机，而是自己私吞了。

也有想过让她们还回来，但是没有实现。

因为她们两个人都已经吃掉了。

我们同样通过由时间警察回收的"未寄出的信"，来讲一讲这么说的证据。

致雨宫友惠小姐

或者说是，冈部萤小姐：

首先，我要就上一封信的事情向你道歉。

像你这么聪明的人恐怕已经注意到了，我就是"那个时候"没有吃药的学生之一。

因为我知道哪怕只有五秒钟，只要我得到这个力量，就可以"开一次挂"，所以我没有吃这个药。

而且在我没有"吃药"的情况下，"他"还是得救了。所以，我在7月21日的时候，就已经知道"这一切，都是假的"。这不是废话吗。我都没吃药去未来取手机和他联系，他还能得救。我也就理解了，实际上他并没有选择我，只是在给某个范围内满足条件的所有人共享特定消息，诱导他们行动而已。

现在想起来他的行动确实很可疑。因为在本地，在冈部町没有找到那本书，然后特意去静冈市的大书店找书的情况下，等到聊起他"目标"书的详细情况时，他却显得没什么兴趣。

重温
RELIVE
BY
HARUKA
HOJO

不过，他为什么要做这种事情，我当时并没有想明白。正如你所知，我是在读过你的著作《复写》之后，才明白了他的目的。

那么，差不多该进入正题了。其实很巧，现在，我手边正好有一部"手机"，虽然那个时候我没有"吃药"吧。不对，准确地说，是"有过手机"才对。

之后的内容不但很长而且很恶心，但我希望你看到这些文字后，能做出什么判断。更何况，我觉得你恐怕是有这个义务的。

事情缘起于我小学四年级，十岁的时候。

买完东西回来的妈妈，一副很奇怪的表情，把"手机"给了我。当然了，我当时也不知道这就是手机。

按妈妈的话说，刚才外面有一个好像是长大了的我的女人叫住了她，然后把这个机器塞到她手里，跟她说："把这个交给你的女儿。如果十年后，遇到了很头疼的问题，就给这里面唯一储存的一个号码打电话。"

好像是这么说的。

这代表着，"拿着药的我"在《复写》未来篇所讲的2002年到来之前，就已经知道会发生"同样的事"了。

所以，和《复写》里写得一样，当时交往的男朋友……就管他叫D吧。因为D遇到事故了，我就给D的手机打了个电话。

……不好意思，用这么遮遮掩掩的写法。

既然提到"遇到事故"了，或许你已经猜到……这个D，就是我们班上的同学室井大介。

没错，就是当时在棒球队的室井大介。

对于我来说他是朋友，对于你来说只是普通的同学，所以之后我就用"室井同学"来称呼他。

因为我用未来的我留下来的手机给室井同学打了电话，知道了他和他们社团成员所在的位置，所以救了差点死在事故中的他一命。

是不是很奇怪？

室井同学不知道未来的我留下的手机的号码是正常的，因为我没告诉过他。

可我给他打电话，并且打通了，那也就是说，室井同学也好，还是社团成员也好，他们中的任何人都可以往外打通电话才对。

但是，他们社团的人，没有一个人用手机呼救。

并不是说，包括他在内的这群人"因为没有意识到遇到了事故，所以没有呼救"。那些说什么"没意识到"的，爬山的时候食物和水都没了，也不知道所在的位置，这怎么能叫"没遇到事故"呢？即便如此，也没有任何人，往外打电话。这个，我猜恐怕是往外打了，但没打通吧。

雨宫小姐，你不用对此产生什么质疑。

室井同学正如你所知，在南阿尔卑斯遇难死掉了。

等他的尸体运回来之后，我从现场参与调查的警察那里得知：

他的手机里，好像留下了一千多条往未来的我带来的手机里打电话的记录。

这代表，他就像上次差点遇难的时候一样，向我"寻求帮助"。

可是，没有打通。

这是当然的。因为我已经把"穿越时空的力量"，用在给"过去的我"带电话上了。

接下来我要把现在这个时刻我所知道的事情罗列下来，因为不知道会不会涉及损害个人名誉，所以我要再绕个弯子，用不好理解的说法来写，我相信聪明的您一定能看懂的。

室井同学在第一次遇到事故之后，好像把我通过手机救了他的"事实"告诉了他的父母。

然后，第二次遇到事故时，我也不是通过别人，正是通过室井同学父母的电话知道的。我总结一下当时她父母的话，大概是这样：

"我儿子去爬山了联系不上。可能是因为他看见是家里打的电话就没接。所以，希望身为朋友的你（也就是我樱井）给他打个电话，确认一下他的平安。"

然后，我没有用带过来的手机，而是用我自己的手机给他打了个电话，没有打通。

为什么没有打通呢？我结合刚才提到的从警察那里听到的消息分析了一下，有没有可能是因为他一直在给我送回过去的手机打电话所以占线了呢？我是这么推测的。

但是，这是只有我才能做出的推测，而且跟其他人说这些他们也不会理解的吧。我可能已经说了三遍，正如你所知，我写这封信，是因为我认为知晓内情的你，能够理解这个因果关系。

接下来我们进入正题。

不，虽然看起来这种说法有点高高在上，但说老实话，我自己也不知道我到底想写什么……

如果我要是被谁杀了的话，可能雨宫小姐会头疼一下"凶手"是谁吧。

因此……不，应该说之后的事情，真的和我没有关系了吧。所以，我就不写了。

不过，如果万一我真的被杀掉了，这恐怕就是搅乱"时间轨迹"的惩罚吧。因为，我用了一种"不可理喻"的办法，救了本应死掉的恋人一命啊。

致爸爸、妈妈：

这封信，我想了一下，还是不要寄出去了。

还有，这虽然不是遗书，但我觉得实际上这已经和它很接近了，所以我最后求您帮个忙。

如果万一，我被谁杀死了，而且是在2002年8月之前被杀的话，

重温

RELIVE BY HARUKA HOJO

请您不要把信寄到开头写的地址去。

如果平平安安活到了2002年8月，就把这封信寄出去。

写于2000年　樱花盛开的季节

樱井唯

又启：

如果在他第二次遇难之前，我没有把穿越时空的力量用掉的话，是不是就能救他了呢？

这只是我的推测，但我觉得大概也依旧救不了他。

所以，也救不了我。

先补充一句，长谷川敦子同学就是那个在《复写》里和那个笨蛋一起在图书馆找书，之后去了"雨宫"同学家的那个女生。这个人的情况更加简单，她长大之后进了艺人经纪公司做艺人，然后因为没有工作去做了整容手术。不过，那个医生是没有执照的野大夫，手术失败了。

长谷川同学在手术失败之后，想提醒过去的自己"那个整容医生是个野大夫不要做手术"，结果卷入了悖论中，死掉了。

这和《复写》里的笨蛋打算给过去的自己提意见，结果旧校舍塌了是一个道理。笨蛋的未来道具有屏障功能救了他一命，但长谷川同学没有这种东西，所以遇到同样的情况，她就死掉了。

……这个词虽然我不想说，但她真是愚蠢啊。明明笨蛋在《复写》中反复提醒过说"不能穿越回去和过去的自己见面"的。

《复写》从最开始就说过这个道理。如果，十年后的自己，想要直接去和十年前的自己见面，对自己说"这个手机可以救他"的话，时间当即就会阻止他们相遇的。因为绝对不能让他们见面。

我们先不提《复写》中把帮助笨蛋的药私吞的那两个人，其他同学即便参与了"复写"，也没有受时间的牵连，就是因为他们真的听了笨蛋的建议。

这就代表着，他们用了笨蛋给他们的药，按照笨蛋的指示来到十年后，按照笨蛋所说只是去取手机，坚决避免和自己见面。

所以十年后的自己，只要按当时自己的意愿准备好手机就可以了，别忘了绝对不要和过去的自己见面哦。这样就可以把自己和自己之间产生的因果循环关闭，不会让时间轨迹上产生任何矛盾和冲突。像她们两个那样，因为波及了他人而导致的异常情况，也就不会发生了。

和长谷川同学比起来，樱井同学的情况更加不好理解，我来稍微梳理一下。

樱井同学通过妈妈，把"手机"给了过去的自己。

而樱井同学的男朋友室井同学，虽然遭遇了事故，但通过这部手

重温
RELIVE
BY
HARUKA
HOJO

机找到了线索，成功获救。

之后，樱井同学使用了之前独吞的"穿越时空的力量"，把手机给了过去的自己。

这样做之后，樱井同学其实也想过，如果室井同学又一次在南阿尔卑斯遇难的时候，这部手机还在她手里的话……

因为情况是一模一样的，只要手机还有电，打不通就怪了。

不过，大概也是打不通的。

因为室井同学，也知道在十年后的未来，自己已经死掉了。

没错，就是这么一回事。

"已经发生的事"是无法变成"没发生过"的。

就算有穿越时空的力量，也是如此。

也就是说，我知道杀害樱井唯同学的"凶手"是谁。

"凶手"其实就是第一次遇难时被樱井同学的手机所救，在第二次遇难时死去的室井大介同学的家人。实际动手的是室井同学的父亲……

这是一种恩将仇报式的犯罪。第一次你都救了，为什么第二次不救了尔尔。

樱井同学在信中婉转暗示的就是这件事。室井同学的手机里查出他给樱井同学以前的手机打过电话的事情，他的父母也经由警察知道了。所以，在室井同学的父母看来，只能认为自己儿子遇难没能获救，其实就是樱井见死不救造成的。

所以《复写》中出现的室井同学的母亲会那么惊讶。因为她想的是仇应该已经报了，可被樱井同学害死的室井还是没有成佛。

像这样，笨拙地操弄时间的规则，想要去改变什么历史的因果，几乎就没有成功过。因为人终归不是神。

单就樱井同学这件事说，"如果，在第一次遇到事故的时候，樱井什么都没做而室井同学死掉了的话，之后，是不是樱井同学就不会被人恩将仇报，就不会死呢？"这个答案谁都不知道。

所以……我要找好人手，做好万全的准备之后，才去行动。

可是结果，让我也很绝望。

每次看"她"的过去，我都会痛哭流涕，真的是被绝望打垮了。被这些仿佛要撕开身体的痛苦和悔恨，和"一切的行动都与全部的结果相联系"这一无解的时间规则给打垮了。

"如果能实现的话，我想自杀。这么一条蠢人的命，如果能把所有的她都救下来的话，我愿意这么做。可是，在我这么想的时候，头一次发现……"

"我不就重蹈妈妈的覆辙了吗？"

"妈妈不就是因为和我想的一样，所以献出她的生命，把我救了吗？"

但是，想要救谁，就要有谁牺牲。

重温
RELIVE
BY
HARUKA
HOJO

当我调查到最后发现，牺牲掉的不止有妈妈一个这样的真相时，我感觉一千年的时间压到了我的身上。

那么，解释一下最后的部分吧。

在此之前，有件事不先说清楚的话不好解释，所以我先给您介绍一下笨蛋之后的人生是什么样的。

首先，他打算去2311年来着，但他是第一次穿越，没有去到他想去的时代，差了几年，去到了2303年。他很受打击，暂时失去了记忆，在收养他的家庭里待了一段时间。在接受教育之后，开始一个人住，并且开发出了"穿越时空的力量"。

之后的事情，就如大家所知。

体验过"复演"之后，笨蛋想起来，必须救的少女，其实另有其人。

所以，我就去了公元3000年，寻找真相，开发出给予少女光明的技术。

真正的目的其实在这里。

《复演》里，出现过这么一句话对吧。

"我明明只是想读读某本书的后续而已啊。"

这句话其实是错的。我并不是想读那本书的后续。

而是因为我"答应"过，要把书的"后续"，"读给那个孩子听"，所以这一切才会启动。

我的这句话，被"缺失时间的少女"相良……当时还是坂口盈同学给否定掉，所以才能把缺失的部分补上吧。所以，我已经回想起了一切。

但又因我编好的计划，被"赌上时间的少女"雨宫友惠小姐一下子全盘推翻，所以从某种角度来说，这让事情变得比她预想的还要麻烦。

所以这对于我来说，就是天罚。

我这只能被称为妄想的感想，被"跨越时间的少女"yíng讽刺，也真的就是单纯的讽刺了。因为她和我以前头脑里想象的梦幻少女，"书写时间的少女"大槻美雪，实在是太像了。

好，差不多该做一下自我介绍了。

同时也能回答，为什么"只有我可以管理穿越时空的力量"这个问题。

答案很简单。因为只有我，知道它的制作方法嘛。

换句话说，我的名字：

在冬天叫"一条保彦"。

在春天叫"国枝保彦"。

在夏天叫"园田保彦"。

在秋天叫"千秋保彦"。

"……我就是新娘的哥哥，保彦。您要是觉得记我的名字麻烦，直接叫'笨蛋'也没关系。实际上，正因为我是笨蛋，所以才能把这

重温
RELIVE
BY
HARUKA
HOJO

一切都推翻。"

就这样,由他失踪的哥哥国枝保彦,寄给新娘国枝小雾的信,终于要进入正题了。

7 式
RELIVE BY HARUKA HOJO

重温
RELIVE
BY
HARUKA
HOJO

静冈县静冈市。

三年之前车站前面新建好的城市新地标葵塔的最顶层，可以举办结婚典礼了。大家都说这里的花园和天空比任何一家教堂都漂亮。不过这次的婚礼，在新娘的强烈要求下，似乎要办一场日式的神前式。

随后赴宴的来宾们，看见已经换好礼服的新娘后，一下就明白了为什么她不穿西式婚纱，而是要穿白无垢。因为穿上和服后，新娘眼睛上盖的东西就不那么显眼了。

宴会会场以白色为主色调，桌上点缀着香味很浓郁的薰衣草。

客人们看到新娘之后，都不禁露出疑惑的表情，可会场的工作人员，也没有对新娘的眼睛解释过什么。因此，现场根本就控制不住坐在座位上的客人们对新娘的眼睛议论纷纷。

不过，坐在会场角落一桌的三十来岁的男女们就没有聊这个事情。他们很诧异，因为他们之前连新娘新郎的面都没见过，就被叫到了这场婚礼上。互相打量几位旧友的脸，人人都是一副"好可疑"的表情。

说起来这三个人，既不是新郎新娘的亲戚朋友，也不是他们的同事。

三人中的一个，长得算是比较高的女人，左手无名指戴着银色的戒指。她就是"缺失时间的少女"，同时也是只在出版圈待了几年，就神秘消失的作家高峰文子的第一代编辑，相良盈。她开口说道："为什么我们会收到这场婚礼的请柬？而且，我们到底为什么要来啊？我既不认识新娘，也不认识新郎，更不是他们的亲戚。"

"你看这几个人，应该就明白了吧……"

语气慵懒地回话的人，是雨宫友惠。她是盈的朋友，也是遵守了与yíng约定的"赌上时间的少女"。现在也在用冈部萤之外的笔名，以小说家身份活跃在社会上。

友惠把头转向对面坐着的酒井茂，问道：

"酒井同学和我，还有盈都在，那肯定是跟'他'有关系吧？"

听了友惠的问话，茂晃了晃红酒杯，一脸嫌弃地回应她。他一脸嫌弃也是正常的。先不说友惠，现在连没有经历过"复写"的盈都来到了这里，这说明他在《复写》里的同学会上发表的假说，就算不是全错，也肯定有一部分是错的了。

"喂喂喂，都过去这么多年了，就不要用怀疑的眼光看我了好吧。之前的同学会上，我已经把我知道的都掏心窝子讲给你们了。"

"是啊。"友惠也拿起酒杯，"最后掏心窝子掏到呼吸困难，都叫了救护车了是吧？"

见友惠笑嘻嘻地说着，茂的脸就和他喝的葡萄酒一样红，慌里慌张地回答：

"……就凭我当时掌握的信息，不那么解释就怪了吧。赶紧把这茬忘了吧。不知道规则，没有棋子的游戏谁玩得明白啊。"

说着茂切开牛排，不爽地抱怨了一句：

"真是的，那个笨蛋！哪里把'知道的全都说了'啊！"

"是啊。"友惠也表示同意，"他可瞒了太多事了。这位从未来穿越过来的可爱笨蛋……"

"不过，从某种角度讲也是拜他所赐，友惠才能当作家的吧？现在已经算是畅销作家了吧？讲真的，我都跟你说过好几回了，也来我们出版社写两本吧……"

听盈这么说，友惠苦笑着回答：

"……工作的事我可先说好，不接你们出版社的活，是因为我不想因为工作和你吵起来。还有，这话现在说可能有点晚了，但我可没想当什么小说家。我只是想把你跟我讲的奇怪故事，好好收个尾而已。"

"但是这些故事和现实联系上了，你不觉得可怕吗？"茂对友惠说，"先说好，我可没喝醉。你想啊，樱井和长谷川被人杀了这件事那可是现实啊。"

"不，我觉得大概，其中是有正经原因的……我跟盈说过吧？那两个人里面，至少樱井同学，在'那个时候'没有吃那个药。也就是说，从初二夏天开始，到二十岁被人杀掉，这期间我觉得她们两个人应该都'吃了'那个药。"

"……这说明什么？"

茂变成一副认真的表情，反问友惠。

"我觉得可能是在某个地方，时间的因果出现矛盾了吧。'没发生过的事'变成了'已经发生的事'。所以最后，时间长河认为'你，违反了规则啊'，然后她们就受到了惩罚。"

现场已经开始进行新郎新娘亲友的演讲环节，气氛非常热烈，但这跟不认识屋里任何一个人的他们三个，似乎没什么关系。

在会场的角落，他们尽量用别人听不到的声音，继续讨论着刚才的话题。

"我刚刚想到一个事，我写的，应该说是我假设的《复写》里面，写了樱井同学和长谷川同学在同学会之前被杀掉这件事。也许写她们两个不是碰巧，而是我在无意间想过'我们班上，谁最有可能没吃药把它私吞了'。长谷川同学是从性格上分析的；樱井同学则是因为脑子好，估计能想出其他收益更高的用法，最后就这么写了。然后，可能事情真就按我预想的发生了。所以，我是出于警告的意思，才出版了《复写》这本书。毕竟谁都知道，像我们这种普通人笨拙地玩弄时间，是不可能不受到惩罚的。而且，我本以为，只要遵守和未来穿越过来的那孩子的约定，这事就算结束了……可没想到还有这个呢。"

友惠一边说着，一边看向每个座位上发的座次表。准确地说，她看的是表旁边写着的新郎新娘的家谱。

重温
RELIVE
BY
HARUKA
HOJO

"就比如说，我们三个人，现在被叫到了和我们无缘无分的，国枝家的长女和园田家的次子的婚礼上。一上来我都蒙了。你想，寄请柬这个人的名字我都没见过。所以很自然地，我就回信说'不出席'。可是，等回过神来的时候，人已经在这个会场了。然后，又和你们两个再次见面，这不就像是在搞'同学会'……"

说到这里，友惠重重叹了一口气。

"真是的，我明明只想穿黑衣服的，可婚礼又不可能穿一身黑去。"

如此抱怨着的她，今天穿的是一身淡堇色的连体西裤礼服。

"你想说，我们是，被那家伙叫过来的？"

"答案，就在这摆着呢。"

友惠指着座次表中家谱的地方，茂看完之后皱起了眉头。

"……这个我也注意到了，但有可能是碰巧啊？这也不是什么稀奇的名字。"

"而且，这个名字印得好淡，这是为什么？"

盈这么说的时候，他们三个周围的人也在聊八卦，聊的内容就好像是在给他们答案一样。大概，是新娘的朋友们吧。

"小雾还有哥哥啊？我都不知道。"

"嗯，有个干哥哥。你想啊，小雾的父母都是再婚的，后妈那边有个孩子，那个人就是她哥哥。"

"嗯？但是，我去小雾家里玩过，没见到有什么哥哥啊？家里都没有男孩子在的感觉。"

"啊,这个事我知道。"

听到这个声音,盈猛地闭上了嘴,她似乎差点脱口而出什么。友惠注意到了这一点,问了她一句:"盈?"

"……我想起来了。那个正在说话的男生,他是樱井同学的弟弟。名字我记不清了,但应该是他。脸和我印象里没什么变化。哇,好怀念啊。"

"你怎么知道他的?你和樱井同学以前很熟吗?"

"那倒没有,不是这层关系。你想啊,我最后,是去了友惠家借住吧。但一开始我家里先去问的是樱井同学家。当时我和爸爸还一起去过樱井家呢。不过,我一个小孩子去那边也没事干,而且碰巧当时樱井同学也出门了,他弟弟看起来很寂寞,我就陪他玩了一会儿。我都回忆起来了。"

"哦……"

友惠露出饶有兴致的表情,说道。

"结果,因为樱井同学家已经有两个孩子了,没法再让我借住,所以我就去问你家了哦,友惠。"

"那个人,就是樱井的弟弟吗?"

茂用好奇的眼光看向对桌,不过这位叫樱井的男生好像聊自己桌的八卦聊得火热,没注意到有人在看他。

"国枝……不对,应该是园田了。对,最近因为工作关系和园田见过几回，闲的时候和她聊起家常听说的。她说她有个干哥哥。但是，这个哥哥在她小学一年级的时候失踪了。嗯？不是，好像不是被绑架了，因为没有收到索要赎金之类的任何消息。嗯，所以到现在都还是生死不明。大概就是因为这样，名字才印得这么淡吧。毕竟户口上还登记着呢，不写肯定说不过去。嗯，名字叫bǎo yàn。啊，和新郎不是一个字。他哥哥是一个保护的'保'，加上一个'彦'。"

听了这些，新娘的朋友们都开始提问：

"都没有找到，怎么就能断定不是绑架啊？"

"你想啊，要是绑架的话，一般肯定会找小雾下手吧。"

"啊，说起来，这件事我也觉得很奇怪。"樱井喝了一口水说，"据说这个哥哥的眼睛颜色有点不太一样。明明是一个纯日本人，眼睛却不是黑色而是绿色的，这个也挺少见的……"

樱井突然停了下来，指着桌子上摆着的一片薰衣草叶子继续说：

"对，他眼睛好像就是这种绿色。"

听到这句话，友惠他们三个，和那些跟新娘有关的亲戚朋友都歪了歪头。

"果然是他吗？"

茂嘟囔着，而他对面的友惠也点了点头。

"估计是想要'继续'，或者做个'了结'吧。虽然不知道那个笨蛋……具体想干什么，但是我们既然是被邀请来的'贵宾'，那我猜他应该不会加害于我们。他不是那种人。"

友惠说着晃了晃酒杯，同时，她座位旁边新娘朋友一桌上聊的一句话，也传到了她的耳朵里。

听完之后，友惠陷入了沉思。

"……这样啊。"

"怎么了，友惠？"

友惠无视了盈的话，凝视着听到"那句话"的方向，过了一会儿，她得到了答案。

"……那边的一桌，坐的好像是新娘初中时候的同学。"

盈和茂顺着友惠眼神的方向看去。

"那又怎么了？这不是和樱井她弟弟一样吗？"

"不，樱井同学的弟弟刚才说是通过工作关系和新娘见的面。不过，那桌的朋友们好像中学毕业之后就没见过新娘，今天也是久违的见面。"

"一般会叫这种人来自己的婚礼吗？"

茂这么说着，但他的左手无名指上可是空无一物。上面没有戒指印，所以应该也不是摘掉了没戴。

所以，友惠才会笑着接话：

"我可不想听打光棍的酒井同学吐槽这个事情……重点不在这里。如果毕业之后，这些人就没见过新娘的话，那对于新娘和她的朋友们而言，这场婚礼意味着什么呢？"

"没见过的话……"

"那……"盈说道,"实际上相当于'同学会'了吧。"

友惠用力点了点头。茂似乎也明白了,嘴里说着"啊,这样啊,原来是这么一回事"。

可很快,他的脸色变得铁青。

"喂,这不就……"

"没关系,不会像我们那个时候那样的。"

"证据呢?"

"无关的人太多了。"友惠马上答道,"就算他想干些什么,也绝对不会让无关人士卷入其中。因为这样的话要花的功夫太多,产生影响的时间也太难算了。"

"这只能说是你的想法吧?算不上证据。"

友惠则是对茂的意见一笑了之:

"……我说啊,酒井同学。你和那个笨蛋在初中二年级夏天,实施那么一个乱七八糟、临时起意、漏洞百出……应该说除了漏洞什么都没有的计划的时候,理由不也就是'别的什么都没考虑过吗'?而且实际上,你身边坐着的我的好朋友,要不是从你们留的漏洞里溜出来,现在还得困在'复写'里呢。"

听了这些话,茂不由得闭了一会儿嘴。但很快,他又反驳道:

"……那不是因为当时还是小孩儿嘛。"

"是啊。"友惠点点头,"那现在,我也好他也好,都是大人了。盈现在也有孩子了,所以从这个角度讲,他也绝对不会让'无关

人员'卷入其中的。"

说着,这位曾经的"赌上时间的少女"仿佛要证明自己已经成为大人了一样,把新倒上的玫瑰红酒倒入口中。

"那么,你打算要做什么呢,'保彦'同学?"

她杯中那股玫瑰红,和窗外飞舞的樱花花瓣颜色是那么的相似。

现在是,2013年春天。

国枝小雾,二十一岁。

婚礼进行中,她回想着身边的新郎与自己的相遇,以及一路走来的种种经历。

人,为什么要举行仪式呢?

叫来很多客人,指挥比客人还多的工作人员,有时候还有人会在几百人的大活动上对现场吹毛求疵。

是不是因为,他们觉得指挥别人是一种娱乐,或者能从中感受到快乐啊?

还是说,他们只是喜欢把会场、客人的穿着、现场的鲜花布置得漂漂亮亮,喜欢欣赏这一切呢?

还是说,单纯只是庆祝一下,结婚这个新始期呢?

不管花多少钱,不管客人来多少,不管现场布置得多么豪华,人的死期也是不会变的。

明明怎么挣扎,它都不会变的。

重温

RELIVE BY HARUKA HOJO

　　即便如此，人在自己人生这部私记中，也一定会拼命想要记下什么事情。如果什么都没有，也会把"什么都没有"写在上面。当然，如果知道生命只有一次的话，记录这些终归是有些意义的。

　　反过来说，如果知道生命是可以"延续"的话，那我的私记，恐怕只会是一张白纸。

　　举办仪式，指挥他人，统一颜色，祝福始期，忘却死期，私记里增加新的一页。

　　（毫无意义啊。）

　　工作人员帮我穿礼服的时候，我如此想着。

　　（我明明连这第一页上写了什么都不知道。）

　　即便如此，人还是会举办仪式。

　　选择四季之时，举办仪式。

　　用来庆祝，四季与时间。

　　中学二年级时，我的班上来了一位转校生。

　　他名叫"园田保彦"。

　　班主任细田老师是这么介绍的。顺便说一下，细田老师是一位年轻的女老师，负责教语文课。她的父亲也是老师，好像以前在这个学校教社会课。

　　还有一点要说，我很感谢细田老师。

老师懂盲文，教会了我这个盲人语文——可能更应该说是"读书"的快乐，她堪称我的恩人。

除了细田老师，这所学校里的大家对我也都很好。

不论是老师、同学，就连学校的教职工们，也对我非常亲切。

更不可思议的是，我问了一下之后发现，那些温柔对待我的人，都是那些家人、亲戚中有残障人士的人，他们不觉得我在校园里的生活对他们来说是分外之事。

地理课上，地理老师很贴心地用日本形状的模型、地球仪等器材精心教我。对于我来说完全未知的数学，则是通过记住逻辑和符号的形状，想办法学会了。

其他科目也一样，每科的老师，都各自费心琢磨出一套方法，亲切地教我这个眼睛看不见的人。体育课上我最喜欢跑步，而且掌握住跳的时机之后，跳远和跳高都能做到。有人提醒我在哪里转弯之后，还参加了马拉松大赛呢。

一年级的文化节上，我们班表演了合唱。这也是班上同学为了方便我参加才选的。

放学后打扫的时候也一样，只要知道教室的布局，桌椅摆放的位置，我也能拿扫帚扫地，拿抹布擦窗户。

过上了非常非常正常的校园生活。

大家，都照顾着我。

像这样，被每个人亲切照顾的时候……

重温

RELIVE
BY
HARUKA
HOJO

"……不想死了。"

我开始有了这种想法。

你觉得我太矛盾了也无所谓。

但是"现在"这个世界对我非常温柔,也不能保证"下次"还能像这样。

就算现代社会已经是一个比较宜居的环境,可没准五十年后,"又"发生世界大战了呢?

我住在三河附近的时候,周围就经常出现战争。我也被卷入战争中,在记忆里至少我就因此死过三回。甚至其中两回,还是被杀得兴起的武士奸杀的。

自然,幕府末期的战争时我也死掉了。世界大战的时候也一样,一次死于空袭,三次死于后续战乱,其中两回我还没活到一岁,就因为着火、疾病死掉了。

这种痛苦和悲伤,我非常清楚。

死了之后,还会继续死。

请让我再重复一次,中学时候。我周围的人,都对我很好。我不是那种温柔的人,性格也没有单纯到别人对我好我就能幸福的地步,但通过他们我知道了,什么叫温柔。

——即便如此。

即便,幸福充满了世界的每个角落。

即便接触到新时代的新娱乐、新知识、吃喝不愁的环境、从未见识过的技术。

即便如此，也没有盖过我的一千年。

我被死与生循环千回的业火炙烤的痛苦，也没有被它们治好。

也不可能治好。

"今天"无论是多么快乐，多么幸福，多么满足的一天。

"明天"也不可能与今天相同。

"我，明天可能会死。"

"可能遇到事故，一下就死掉了。"

在从古代一路走来的我看来，比如说汽车，我只认为这是一个疯狂的发明。

你想，会死的。

开车时候一个失误，遇到事故，人一下就死掉了。

对了，这次生我的母亲，也是一不小心走到车道上，被卡车碾死的。我怎么可能对这种情况感到"放心"呢。

就算没有战争、没有逼交年贡、没有疾病，也会有车、生活方式病、触电之类的。只是把我那个时代没有的疾病和事故，换成了这个时代有的而已。

什么，都没有变。

只是在重复而已。

"所以啊，我现在明白了，霞。那个戴着蓝色眼镜，和我妈妈很像的人。就像你上次说的那样，没有什么是永远和绝对的。"

重温
RELIVE BY HARUKA HOJO

不过,如果说哪里有一点"微光"的话,那就是我刚才说的,"读书"。

通过盲文读了几本细田老师告诉我的文学作品之后,我知道了读书的乐趣。

这次结婚的丈夫,也是因为这个认识的。

毕业之后,我经福利机构介绍出来打工。回家路上,我和平时一样去了有盲文书的图书馆,正在读一部作品的时候,一位男生,向我搭话:

"这本书有意思吗?"

而这就是我与日后和我结婚的人……园田宝彦先生的邂逅。

他在盲人学校工作,好像是为了找一些给学生看的盲文书来图书馆的。他也和我一样想借这本书,所以才和我搭话的。

那个时候,我好像感觉到了什么。于是,试了一下那件事。

在有人问名字的时候,说假名。

"我叫国枝……美雪。"

他的反应很直率。

"měi xuě?……字写成美丽的雪吗?"

"是的。"

"……感觉,和想的不太一样啊。"

我当时就明白,啊,我要和这个人结婚了。

以这一天的见面为契机,我们开始交往了……

事后问了一下才知道,很巧的是宝彦先生现在上班的学校,就是我一开始去的盲人学校。

"这样啊……"我也对这偶然的巧合吃了一惊,"那也就是说,在更早之前,我们可能就见过呢。"

"不过,要是这样的话,我觉得我就不会和你结婚了。再怎么说,老师也不能和学生……"

说出这句话的时候,他已经握住了我的手,而我也不觉得反感。

把他介绍给父母,父母很开心。但听到他的名字时,也同样露出一副复杂的表情。

"啊,是。"宝彦深吸了一口气才继续说,"小雾和我说了。有个和小雾同岁的'哥哥',小时候失踪了现在也没找到。然后我的这位大舅子也叫'bǎo yàn'。"

"虽然字不一样吧。"

妈妈微笑着说。

"没事,宝彦先生,你不用太在意……我们不反对这门婚事,而且你这么重视小雾,我们都想说声谢谢呢。"

妈妈带着些哭腔说:

"你叫'bǎo yàn',我的儿子也叫'bǎo yàn',只是个巧合。而且怎么说呢,那孩子……'保彦'他……"

妈妈放下杯子说道:

重温

RELIVE
BY
HARUKA
HOJO

"很不可思议呢，我没觉得他死掉了。虽然我也不知道，他为什么消失了。那孩子，一定是想去做成什么事情，为了做成这件事去了必须去的地方吧……虽然我只能这么表述，但我猜大概是对的。因为本来，他就是个很不可思议的孩子呢。"

接着妈妈对宝彦先生说：

"所以呢，宝彦先生。在和我儿子同名这件事上，我对你没什么意见。你们小两口就是你们小两口，能组成一个幸福的家庭就行。"

"好的。"

妈妈的这番话，和宝彦先生强有力的回应都让我非常开心。

不过……结婚的事情定完，要同房的时候。

"啊，抱歉。"

他这么说着，打算拿出避孕用具来。

"虽然咱们确定会结婚了，但是婚礼还早着呢。我不想让别人觉得咱们是奉子成婚，还是做好避孕措施吧。"

对于这个建议，我只能苦笑着回应。

这算不算是背叛呢？

被他缓缓拥抱时，我一直，一直在思考这个问题。

就算和他行房，我也不会怀孕。

被他亲吻的时候，我也在思考。

为什么，没有在和他同房之前把这件事告诉他呢？

行房之时，我又有犹豫。

我当然很害怕。我害怕说出真话后被他拒绝。

最后，我也没有出声。

这是因为……我没有爱吗？

所以，我只能流着流不出的泪。

结束时，脑子里只想到了一句话：

"对不起。"

冷静地思考一下发现，好像有这么一个知识说，现代社会里不管男人还是女人，都有结了婚但不想要孩子的想法。

不过，孩子这件事我还没有和宝彦先生聊过。

有的时候本人觉得无所谓，但身边人一直在催。

所以……我试着问了一下宝彦先生。

初夜之后，躺在床上，我问：

"如果我要是生不了孩子，怎么办？"

他的反应，还是那么直率。

"怀不上也没办法啊。这又不是小雾的错，只能放弃了吧。"

啊，是啊。

"这样啊。"

"嗯？"

"是啊，这是没办法的事嘛。"

重温

RELIVE
BY
HARUKA
HOJO

"怎么了小雾?我说了什么不合适的吗?"

"不。"泪水果然流不出来,"不是的……"

我重复了几千次,为什么,就没注意到这么简单的事情呢。

我想活下去。

无论多少次,我都想活下去,都想获得幸福。

所以才结婚的。

然后,才想要孩子的。

但因为无论重复多少次,尝试多少回,都没有成功。

因为绝望每次都比幸福先到。

所以就没有抱希望。

所以,看不到未来。

"你,只是没有在看此时此刻罢了。"

我又回想起了她当时的那番话。

(是啊,她是生了孩子的"母亲"。所以,她才理解我啊。)

宝彦先生看见我抱膝坐在那里,不停地和我聊各种事情,但我没有这个心思。

"小雾?"

"我……"

组织不出语言。

转生。眼睛看不见。生不了孩子。

我打心底期望着把这一切向他坦白后,他能够接受我。

（但是，如果……）

如果不接受呢？脑子里想的全是这个问题。

"宝彦先生。"

我看着他。

我用看不到光的眼睛，拼尽全力，看向自己爱的人。

"我是……这样的。"

说出来了。

没有保守秘密。

我受不了再继续说谎了。

我害怕看到他的反应。

我知道跟他说这些实话他也不会相信，但我依然……

他的反应，果然，很是直率。

"这样啊。"说着他把手放在了我的头上，"真不容易啊，小雾。"

仅此而已。

听了这句话之后，我……强烈地想要孩子。

我想要有孩子的未来。

我想要，有爱人，有孩子的明天。

孩子……！

"啊。"

真的很巧。

重温

RELIVE
BY
HARUKA
HOJO

我自己也没有想到。

可能是此时此刻的感情,老天觉得应该流泪了吧。

我这什么都看不见的眼睛。

只能映照出黑暗的视觉。

在那一瞬间,看到了"光"。

"宝彦、先生?"

我摸着他的身体确认着。

"你,是……现在,穿着鲜艳的,颜色的衣服?头发湿湿的,戴着'蓝色'的眼镜……"

"嗯?"他也很吃惊,"你不是看不见吗?"

"应、应该是这样的,但,为什么,刚才那一瞬间……"

能看见了。

自己也不明白,其中的理由和原因。

半年之后,我们要办婚礼,于是我邀请了中学时候和我关系很好的朋友们。毕竟,我没有去上高中嘛。为了确认现在的住址,我久违地打了个电话。

"这样啊,樱井同学当上医生了啊。"

"没有没有,能不能当还不知道呢,只是上了医学专业而已。当然了,我想当医生,也求着学长让我去现场参观来着。"

电话另一头是我二年级时的同班同学,樱井榲。

大概十年前,他因为缘由不明的事件失去了他的姐姐。

这一天,久违地和他聊了几句家常。

"姐姐去世了……父母,虽然一副不想多说什么的样子,但我知道留着给姐姐的学费应该剩下来了。我一直想当医生,但也算过账,学费怎么都不够。然后,姐姐去世了,学费有了,所以我才能去学医。"

他的语气,很沉重。

"所以,我得感谢在天国的姐姐。"

之后,他开始聊起一些奇妙的事情。

"说起来……国枝你还记不记得?"

"记得什么?"

"我们上初二的时候,有个待了一个月的,转校生。"

"啊,嗯,呃,名字我忘记了……"

"呃,你忘了吗?"

"你还记得吗?那个人只在这里待了一个月啊,而且我都没和他说过话。"

"嗯?"

我不能理解,他的语气为什么显得这么惊讶。

"那,就,算了吧。那个,接下来不聊私生活了,说点工作上的事。"

"什么事?"

重温

RELIVE
BY
HARUKA
HOJO

"不是我,是我的一个学长,他现在是眼科医生,那个,正好有个新的……啊,算了,可能不太合适。是啊,你是要结婚来着……"

"所以呢,到底是什么事?"

"如果,一切顺利的话,在婚宴上……"

可能他觉得再继续说,也没什么意义吧。

因为奇迹什么的,是不会发生的。

说到这里,我想起来了。

对了,转校生。

呃,和那个转校生本人没有直接关系。只是,名字有点像而已。

我想起了,失踪了的哥哥。

时间回到向父母介绍宝彦先生的时候。

"说到保彦啊。"

挑起这个话头的是父亲。虽然对于父亲来说他只是后儿子,但在哥哥突然消失时,父亲他也去拼命找过哥哥。应该说他做到了以父亲的身份爱哥哥。

"前两天大扫除的时候,找到了这么一本书。"

说着,他暂时离开客厅,回来的时候好像带了一本书。

我看不到。

"这本叫《穿越时空的少女》的书,是保彦的吗?还是说,这是小雾你的?"

"嗯?"

"《穿越时空的……shào nǚ?》"

啊,对了。

我想起来了。

哥哥在失踪之前不久,我们约好……

"小雾,明天哥哥啊,给你读这本书。虽然我不会做饭什么的,但我能读书啊,到时候给你读。说好了哦,小雾。"

确实,约定过这件事……

所以……

"不是我的。是哥哥bǎo……哥哥的。"

好险。差一点就把"bǎo yàn"两个字说出来了。

对于我来说,"bǎo yàn"已经是身边的"宝彦"先生了。

"那,我就扔了啊?之前我不知道是你的还是保彦的,就没敢扔。"

"h……"

我可能是要说"好"吧。口型,已经是这个口型了。

"ǎo"只要再发出这个音,字就说出去了,但是……

为什么呢?可能,这里就是命运的分岔口吧。

"别。"

"嗯?"

"别,不要扔。"

"……是吗？"

父亲也对我的回答感到奇怪吧，微妙地点了点头。

"我知道了，那就不扔了。"

那个时候找到的《穿越时空的少女》，不知为什么，我把它带到了半年后的婚礼现场。

顺便提一句，据我所查，《穿越时空的少女》这本书好像并没有盲文版。

所以，恐怕我永远也不会成为《穿越时空的少女》的读者吧。

除非能够发生奇迹。

婚礼的准备以宝彦先生为中心进行，所以我在婚礼正式开始之前，有了一点空闲时间。

这段时间，要说我干了什么……

就稍微，做了些无聊事，

直说的话，就是去求助。

也可以称之为，追求。

我想要去追求，忘却在几百年的过去，大概应该称之为"希望"的东西。

而结果，就是我要双眼缠着绷带，出席这场婚礼。

啊，对了，转校生。

这真的没什么。这个转校生的名字，和我失踪的哥哥名字一样都叫"保彦"。

仅此而已。

我没有和这位转校生说过话，所以无所谓了。

呃……有过一次。

和那个转校生……只说过一句话。

那个……我记得是……

7月1日。

放学后的教室里，他对留下来做扫除的我说……

说了这么一句。

我记不得了。

好像说了一句"没道理"的话。

我觉得他不可能知道的，所以就当他是在耍我。

所以，也就从记忆里删掉了。

嗯，这种事情怎么样都好。

现在，专注于当下吧。

因为今天，是我和宝彦先生的婚礼。

"喂，这不就……"

"没关系，不会像我们那个时候那样的。"

"证据呢？"

重温

RELIVE
BY
HARUKA
HOJO

"……"

刚才,那是什么?

没有听过的声音。

既然是婚礼,那应该我这边的客人,都是我认识的人才对……

不,也有可能是宝彦先生那边的客人吧,那就对了。

然后,现场工作人员开始读起寄来的信。

"我就是新娘的哥哥,保彦。"

失踪了的哥哥,回来了。

带着薰衣草的香味。

事发突然,我就从结论说起。我的妹妹小雾,一直在转生。

无论重活多少次,都会叫小雾这个名字。

无论怎么由死复生,都会变成现在,台上"小雾"的模样。

所以,和我只过了几年兄妹生活的小雾,也还会是小雾。

听起来可能有些奇怪,但我只能这么说。

各位,请您不要挪动半步。不过我觉得您也动不了就是了,请您不要做无谓的尝试。

园田宝彦先生,不好意思这么晚才和你打招呼。咱们只是偶然重名,你也不用太过介意。你是"宝彦",不是"保彦",而且我在这段演讲结束之后就会马上消失的,你只要和小雾幸福地生活就可以了。

不,应该说是请你们一定要幸福。

请带给小雾幸福吧。

请一定要替我这个超级笨蛋哥哥,给小雾幸福吧。

"我作为大舅子,还要请你多关照……好了,贺信就念到这里吧。接下来,我来解除诅咒,给我们的公主光明吧。"

我就是这个"笨蛋"。

我就是那个在公元2311年,开发了"穿越时空的力量"的笨蛋。

刚才我也说过了,我"现在"在公元3000年,当时间警察的……怎么说来着?这个词现在这个时代还没有,嗯,大概就是长官这样的职位吧。

正如您所知,今天我最爱的妹妹要结婚了,所以我从公元3000年穿越一千年,回来给他们道喜。

啊,我怎么这样呢。重要的话还没说呢。

"小雾,宝彦。今天真的是,要祝福你们。小雾,你很漂亮。"

重温

RELIVE BY HARUKA HOJO

然后,老实说这个诅咒……小雾转生的秘密,其实在"最初"。

现在,我可能要说一些"特别恶心"的事情了,但还是请您听到最后。尤其是,以"新娘哥哥的朋友"身份来到现场的,"蒙友恩惠"的那位,我觉得您一定会非常恶心的,但一定记住这不是我的错哦。

刚才您所看到的是《改写》的视频……

是的。

这里面的主人公"千秋霞",就是我的生母。

然后,正如《改写》中阐明的那样,我的生父邦彦,是霞同一家族的孩子。我,则是他们两个生下来的孽子。您怎么说都可以,总之,我不是一个正常生下来的孩子。

所以可能因为这个,我在出生后没几个月就命悬一线了。

这时,我的母亲霞"想要做些什么",这便是《改写》的结果。

而这个"想要做些什么的结果",就是我被传送到了一千年前"大邦言"和"侠"这两个人面前。

变成这样的原因,我就坦白了。其实作品中也提到过,就是因为作为小婴儿的"我"和穿越过去的"我"进行了接触。

可是……我有"穿越时空的力量",想去哪个时代,想去哪个世界都是说走就走的。

那么,请回想一下。我说过,"时间警察"都是和我有血缘关系的。也就是说,是我的子孙。反过来说,只要身体里流着我的血,那谁都可以在使用"穿越时空的力量"时，不受五秒钟强制回归的限制。

讲到这里我先提一句，这，就是我成立时间警察组织的理由。

而后，这也是警察们现在追逐"那家伙"……也就是开发了"穿越时空的力量"的"笨蛋"的理由。

啊，可能要说句废话，我在当时间警察长官的时候，可不是现在这个样子，而是八十岁左右，一个很有威严的老人形象哦。你要问为什么要这么做的话……

其实就算不是我的子孙后代，只要把全身流着的血，和我的血交换一下，就能使用穿越时空的力量。嗯，毕竟是未来世界嘛，就有人在想这种可怕的事情。您要说这么想正常那倒也确实是正常。对于那些有钱有权搞全身改造手术的人来说，我的死活是无所谓的嘛。

所以，我才成立了时间警察组织。

就是为了不让他们抓住。只要从被抓的人，变成抓人的人，那不就谁都猜不到，抓人的人以前是要被抓的人吗？

而现在，知道这些的，只有您各位，和之前提到的"yíng"而已。而且，只要跟她说"给自己下暗示，把这件事忘掉"，她马上就可以忘掉这件事情。很聪明吧。知道我所在之处的话，也就意味她要从抓人的一边，变成被抓的一边了……啊，当然了，刚才她的留言，也是在她忘记之前留下来的。

正如您所知，"时间警察"这个名字，也是因为在"之前"

重温
RELIVE
BY
HARUKA
HOJO

《复演》的故事中，yíng说过"自己是时间警察"。既然之前已经这么说，那名字也就改不掉了。我可是忍着强烈的尴尬，去政府部门申请说"我想成立一个叫时间警察的组织"。希望您能了解其中的辛苦。

所以各位，您现在听到的东西，我觉得您事后把它忘掉比较明智。如果，在日记里或者什么地方写"时间警察长官的真实身份是那家伙啊"的话，本时间警察组织就会回到过去找您麻烦了。您的家谱可就要乱套了哦。

呃，我刚才说到哪里来着？对对对，我的血脉。

我，也有想过。

到底，哪里才是最初呢。

我回想起"一切"之后，来到过去，偷偷采样了一条夫妇的DNA，和我的DNA做了一个比对。

没想到居然没有血缘关系。

也就是说，我不是一条夫妇的亲生儿子。

那，我又是从何处而来呢……就又调查了一下。正好yíng向"我"报告说"得到那家伙的DNA了"。友惠，我知道那个时候的接吻，你是为了提取我的DNA。不过，我觉得你不会害我，所以就没去管你。

这话也许不应该由我来说，但我可真是自恋啊。

这样，我得到了DNA，

"干得漂亮，yíng同志。很好，这样一来就能找到开发出药的'那家伙'，让他供出制药的方法了。立刻展开搜查！全体时间警察出动！"

"那家伙"也就是我下了这个命令。

"yíng同志，你想要什么奖励？嗯？想辞掉时间警察的工作？行，我知道了，没问题。"

这便是yíng从警察组织中解放的过程。

然后，在空无一人的警察办公室里，我不紧不慢地，把我的DNA和一条先生的DNA认真比对的时候……

马上来了另外一个时间警察。时间警察里还是有能干的家伙嘛。

这个时间警察觉得"那家伙"的长相，和日本人很像，所以觉得如果想高效率地进行溯源调查，应该从日本史的源头查起。

当然了，我让这个警察把调查的事情忘掉了。现在他应该还在努力搜索"那家伙"吧，只不过是在日本以外的国家。

然后经过调查得知，我出现在了两千年前。

啊，不太对。

从"现在"来算的话，应该是一千年前。

一千年前，我在的。以一个婴儿的模样。

虽然这也是之后才查清楚的……

我，可以做"穿越时间之事"。

重温
RELIVE BY HARUKA HOJO

一千年前也好，一千年后也罢，我都可以自由前往。

而且"时间"也想尽力避免"我"与"我"之间的接触。

因为"自己"和"自己"，是不可能相遇的嘛。

但话又说回来，站在"时间"的角度讲，我的存在就很碍眼了。您想，时间对我几乎没有限制。只要吃一片药，我就能轻松地穿越时空嘛。

这时——我被传送出去了。

没想到它给我准备了一个"我"没去过的时代和场景。

这就是一千年前，千秋家的先祖，霞与邦彦的先祖，同时也是我的先祖，大邦言和霞身边。我就被传送到了这里。

而这就导致我的妹妹小雾，开始不断地重复转生。

同时，眼睛也瞎掉了。其实应该说是，看不见"现在"了。

您要问为什么……

因为我的生母"千秋霞"，与一千年前的"侠"是同一个人。这就和小雾无论怎么转生都只会成为"小雾"一样，就是这种意义上的"同一个人"。唯一不同的是，小雾会继承记忆，而我的生母则认为这东西没有必要，所以就没有继承记忆。仅此而已。

再进一步讲，大邦言和我的生父"千秋邦彦"也是同一个人。他和我的生父一样，都是姐弟两个私奔了。两人虽然相爱，但因为血缘关系太近已经要放弃生孩子的时候，遇到了一千年以后被传送过来的"我"，也就是保彦。

这就是我叫"bǎo yàn",然后被这两个人养大的原因。就像现在的我,在不知不觉间,把他们两个人当成了亲生父母一样。

在养育我的时候,可能一千年前的这两个人又想要自己亲生的孩子了吧,最后,他们两个人在有血缘关系的情况下还是生了个孩子。

这就是因果循环吧。就像一千年以后我父母做了"完全一样"的事情一样,一千年以前"同样灵魂的两个人"也做了"同样的事"。

最后,生下来的"xiǎo wù",就是"最初的小雾"了。

所以呢,小雾。你和我的母亲"霞"如果有机会见到的话,你自然会觉得"和你最开始的母亲很像"。因为,是同一个人嘛……

一口气说了这么多,有点渴了。能让我喝杯茶吗?我喜欢喝麦茶,只有绿茶啊,算了就它吧。

啊,真好喝。不愧是盛产茶的静冈啊。

对了,刚才说到哪儿了……对,"最初的小雾"。

小雾你大概不记得了吧,你是一千年以前,大邦言和侠的孩子。

然后,本来,小雾你……

……我可要说"特别恶心"的事情了。做好心理准备哦。

本来呢,小雾应该是和我,也就是"bǎo yàn"结合的。

然后,才能出现"千秋家"。也就是说,我是千秋家的第一代家主,而你是我的妻子小雾。

重温

RELIVE BY HARUKA HOJO

　　然后，一直这样持续下去的"千秋家"传了一千年，传到了不知道是第几代的镜子继承人，也就是我的母亲千秋霞这里。

　　……说真的。这算是什么因果循环啊。

　　事情"就是这么一回事"。

　　"时间"把"能够穿越时空的保彦"传送到了一千年前，让他变成"无法穿越时间的保彦"，想要这么杀死他。

　　而作为交换，千秋家出现了只有"女性"可以使用的能够看见过去的镜子，和只有"男性"可以使用的能够向未来传送东西的镜子。我的妈妈用了一下这两面镜子，就诞生了把某种物体送往其他时代的力量……也就是"能够穿越时空的力量"。

　　然后，经过一千年，这两者合体后诞生的就是"我"。

　　正因如此，我才能开发出"穿越时空的力量"。

　　到了这里，故事还没有结束。

　　的确如此，毕竟我就这样活在了现代，还上了小学嘛。虽然在"复写"时，那段记忆完全丢失了，但现在，我可记起来了。

　　我亲眼目击到了那个场景。

　　一千年前，侠从身上的镜子里伸手，想从我母亲霞手里，把还是小婴儿的我拽到镜子里的场景。

　　没错。我的母亲不想把"本来"在历史中的我，交给千年前的"自己"来养大。我想就算这两个人，知道对面是自己的祖先或后

代，也会这么做的。

结果，我的父母消失了。因为他们全盘拒绝了自己的先祖留下的，原本应该继续存在的血统。

您是不是觉得，我说的事情自相矛盾呢？

我可先说好，我"杀不了"自己的父母。您提出疑问也是正常的。这些，其实和那件悲惨的，连我都看不下眼的"背后"故事有关。

不管怎么说，我就这样通过千秋家"向未来传送东西的镜子"，出现在了现代社会的一条家。我自己也是以一种一无所知的状态，认为自己是"一条保彦"，和妹妹小雾相遇了。

您说矛盾了？不，并没有。

这只是，变成了"从头开始"而已。

您听懂了吗？

这就是"时间的规则"。

首先，请您承认这一点。"穿越时间的力量"是"存在"的。

因为现在，我就是穿越了一千年过来的。

我之前反复说过，"已经发生的事"是无法变成"没发生过"的。如果硬要它成为"没发生过的事"，那就必须从一开始就否定它曾经存在过。没错，就像我的亲生父母那样。

既然发生了，那就是存在过的；而如果从没发生，那就真的不存在。

/151/

重温

RELIVE BY HARUKA HOJO

调节时间时一定要这么做，不把因果关系串联起来的话，"时间"就无法成立了。人类把这种因果的闭环称作"时间"，这么解释其实是非常准确的。

请您这样想：

这一边，是"我和小雾结合，消灭了穿越时空的力量的未来"。

另一边，是"我和小雾分开，出现了穿越时空的力量的未来"。

这两者，并不矛盾。

您要问为什么？因为这两个世界里"穿越时空的力量"都"存在过"。

既然"存在过"，那就没法让它变成"没存在过"。

所以，一定需要有谁，在什么地方和什么事情上产生一下矛盾。

这个时候，承担这一责任的，就是生下"千秋保彦"的"千秋霞"和"千秋邦彦"。也就是，我的生身父母。

把镜子里能够"穿越时空的力量"和能够使用这个力量的人类的血脉一起消灭掉，相对地，就要出现让其他的"穿越时空的力量"出现的可能性……也就意味着，我的存在是得到容许的。

但是，这真的很蠢。因为这个事情，不只是我父母他们的问题。

"千秋保彦"必须变成"bǎo yàn"，在一千年前的世界里和"小雾"结合。不这样做的话，另一边的世界，就会在什么地方产生矛盾。

所以，小雾，你才会不断重复着转生。

为了让我，能够穿越到2311年。

简单来说，就是为了让我能够觉得你可怜。

真的是，很过分的事情。

我知道自己的妹妹"眼睛看不见"。

不仅如此，妹妹还会做饭，还会扫除，还会做些简单的针线活，比愚蠢的我会做家务多了，在家里非常能干。

一想到为什么牺牲的不是"我"，而是"妹妹"的时候，我就心痛得说不出话来。

这代表什么，我是知道的。

为什么小雾的眼睛看不见，为什么小雾在重复地转生，这些我都知道。

"那个少女，好像和'那家伙'有联系。所以，时间警察们去监视她吧。"

我撒了这样一个谎，让他们跟踪了历代的"小雾"。

呃，这好像不是谎话啊。她和那家伙，也就是我有联系，这是真的。

虽说这一切可以说是"时间的规则"，但我看到的毫无疑问也是残酷的现实。

"我妹妹这一千年反复转生的历史，实在是太惨了。"

重温
RELIVE BY HARUKA HOJO

某个小雾，因为眼睛看不见出生没多久就被抛弃，想要靠吃草吃虫子活下来，结果还是在一岁半的时候死掉了。

某个小雾……

算了，就说到这里吧。因为这一切，小雾都记得……

在这么一个值得庆祝的日子里，聊这位必须成为世界上最幸福的女人的"过去"，没什么意义。

但是，有一句话我一定要说。我，只看到了绝望。

刚才说的那个小雾，一岁半就死掉的那个小雾，我当时就在她身边。

当然了，在小雾看不见的地方。

那天夜里的小雾，因为眼睛看不见，被家里抛弃了吧。身上穿着破布一样的衣服，上面全是脏东西，因为吃不上正经的饭，身上长着斑。即便如此，她也为了活下去拼命吸脏水，吃虫子和杂草。但是，这样也不可能补充到营养，最后小雾幼小的身体倒在草丛里，只剩一口气，我在她的身边……流着泪，内心里只有绝望。

因为我知道"不能帮她"。

就算"惨到这个样子"，小雾也逃不掉，只能死去，然后再转生成下一个小雾。

我那个时候，带着"复写"时用过的急救医疗箱。用了它，可以很轻松地救回小雾。因为我就是为了这个穿越到2311年的嘛。

但是，我绝对不能用。

不，应该说是连用这个医疗箱的必要都没有。

只要稍微有点食物和干净的水，再加一点抗生素的话，我自己也能马上把小雾救回来。

但是不能救。

把眼前这位快死的小雾救下来的话不但会破坏因果，而且也会让她无法与几百年后以我妹妹身份出生的小雾建立上联系。

因为她不经历这些苦难，不经历这只有痛苦的千年轮回，她就联系不到写下"我去2311年取治小雾眼睛的药"这个字条，并真正去了2311年，开发出"穿越时空的力量"的我了。

带着极度痛苦的回忆，她最终在1992年出生，和我相遇，成为名义上的兄妹。而重复转生千年的结果是，如果她不在我面前做饭，我就不会去未来。

"我想，这是什么诅咒……不用说，这就是我想死的原因。如果我死掉事情就能解决的话，很好，我马上去死。"

但是，就算我死了，事情也不会有任何变化。

"已经发生的事"，依旧无法变成"没发生过的事"。

没错。

我来到这里，才终于……

重温
RELIVE BY HARUKA HOJO

"意识到自己在'复写'中做的事情,和妹妹在这个诅咒中面对的事情,几乎是一样的。"

我在"复写"时,给了那个班的学生"记忆"。

那是关于绝对应该写出来的一本书的记忆。

只要没有拥有"那段记忆"的学生存在,时间的规则就会被搅乱,所以我怀着使命感发动了"复写"。

而另一边,我的妹妹却因为我蛮横、自私、任性的行为而成了牺牲品。

小雾,重复着转生,重复了一千多年。

只是为了让绝对要穿越到未来的某个少年,觉得小雾很可怜。

拥有"那段记忆"的小雾如果没有和我见到面,那时间的规则就会被搅乱,时间出于它的使命感,让小雾重复着转生。

再加上,如果小雾怀孕的话,也同样会引发某处时间因果的混乱,所以就让小雾生不出孩子了。

也就是和"复写"正相反。

我是通过"复写"希望"这个记忆能够留存到未来",为了实现这个欲望,而向符合条件的许多人共享了记忆。

正相反。

时间仅仅是为了让我去到2311年、仅仅是为了奠定"过去",就让小雾感受绝望,重复转生千年,并让这一切都被我目击到。

我在"和好多人约会,给他们注入快乐的回忆"的同时,累积着"小雾生老病死、饱受痛苦、被杀、然后又要转生活下去"的过去。

……这么值得庆祝的日子,我不应该说这些的。但为了解开这个诅咒,我必须说下去。

说到救,我想起来,我是救过的。不,应该说试图救过一次。

某一年,小雾的家里发生了火灾,当时那个年代连消防这个概念都没有,要想灭火只能去几公里以外的地方打河水。

碰巧我撞见了。

这里我提前插一句,这不是有人恶意纵火。不是人不小心,就是自然起火,反正这个家被烧了。

然后,我不小心听到了这样的对话。

"爸爸,小雾还在屋里呢!"

"管她呢。那丫头眼睛看不见,一点用都没有。而且前阵子还偷偷摸摸地想偷米。这火就是她招来的。让她烧死算了。"

这是,当年被烧死的小雾,她家里人说的话。

他们就这样抛弃了她。

我强忍着憎恶与悲痛,听着这一切。

重温

RELIVE
BY
HARUKA
HOJO

"我想杀了他们。"

"我想给他们一拳。"

"我想让他们也和小雾一样,被活活烧死。"

但是,没有意义,救不了她。
因为这是"已经发生的事",事到如今,无法再让它变成"没发生过"。
和我的家庭不同,他们把小雾当成绊脚石,还见死不救,活活烧死了她。我怒火中烧,想冲上去揍他们,可就在迈出脚步的瞬间,一个警告在我脑海中响起。

"不,这不是谁的声音。"

"因为神之类的,不存在。"

"即便如此,我还是听得很清楚。"

"允许你穿越时间,但不允许你进行干涉。"

"作为'代价',我教给了你穿越时间的方法。但如果你想改变'过去'的话,你改变的量,也同样会引发'未来'的改变。"

"对应的'下场',就是成为你妹妹的小雾,会被酒井茂宰了。"

"……不,还是这样吧,把1992年二年级四班的'大槻美雪'真实存在变成'过去'怎么样?我说的意思,你明白吧?"

"为什么会这样?因为你现在想杀的夫妇收养了孩子,而这孩子的后人几百年后的姓,是'大槻'。这和1992年,那一家有一个叫'雪子'的少女的现在相联系的。"

"你如果现在揍了那个男人,你的DNA就会附着在那个男人身上。这将会对那对夫妇的养子产生影响,最后导致的'结果'就是遗传基因出现混乱,这可能会让1992年的现在,变出一个叫'美雪'的少女。"

"但是,这样也不妙啊。因为'美雪'实际上就是yíng啊。假如说,你没有注意到这个'事实',又跟美雪演了那出闹剧的话,美雪实际上就不是美雪了。而yíng在那个夏天,吃下穿越时间的药的时候，就已经回不来了，会依旧待在那里。时间，就又被搅乱了一次啊。"

"你要是'讨厌'这样，就忏悔吧。就像你十几年前做的那样。"

"不能干"啊。
破坏因果的事情，无论如何都不能干。
对于现在的我，至少在现在这个会场里，只能忏悔，憎恶过去，哭一场。但为了妹妹，我不能掉一滴眼泪。

我在1992年的7月2日，拼命把自己从过去穿越过来的理由向酒井茂解释的时候，某一年的7月2日，小雾受到武士的暴行，惨遭杀害。

我在1992年的7月3日，向"第一个人"解释，说那些甜言蜜语的时候，某一年的7月3日，小雾卷入战争中，正如战火二字所说的那样，被烧死了。

我在1992年的7月1日，和樱井唯同学约好下周周六去静冈市里找书的时候，某一年的7月1日，小雾被好几个男人侵犯，最终被杀。

我在1992年的7月1日，和长谷川敦子同学聊艺人的话题时，某一年的7月1日，小雾给某位大名做小妾时，因为生不出孩子，被大名抛弃，暴尸街头。

我在1992年的7月1日，和增田亚由美同学在小摊买吃的说着好吃好吃的时候，某一年的7月1日，小雾刚一出生就没饭吃，直接饿死。

我……

我"悠闲"地，"什么都没考虑"，"只不过是拥有能够穿越时空的力量"，"其实根本就没打算承担任何责任"，"只是任性的"，"只是出于自己的兴趣"，"只是为了好玩"，"就把很多人卷进来"，"结果导致很多人命运被颠覆的同时"，"在这里"，"一副若无其事的样子出现在（妹妹）的面前"，"真的，明明一切都是自己的所作所为"，"明明只是为了自己的笑容，让小雾牺牲"，"明明我在笑的时候，小雾在感受着地狱般的痛苦"，"明明我在享受1992年的青春之光时，小雾的眼里只有黑暗"。

而"我"本人……

不不不，这可不是，我可没哭哦。
我就是一个工作人员。这都是新娘的哥哥让我读这封信害的。
虽然这很催泪。
不过，我觉得就算我真的是新娘的哥哥……也没有资格哭。
我只是，在读这封信而已。
我只不过是，这封信的一个"读者"罢了……

重温
RELIVE BY HARUKA HOJO

那我就继续念了。

"这就是时间的规则,镜子是支撑我存在于现代的代替规则。如果通过肯定我的存在来否定镜子,小雾就会几年、几十年、几百年如一日地继续在黑暗中煎熬、挣扎。"

我没办法给饿肚子的妹妹一口饭,也不能这么做。我是个没用的哥哥。

是个什么也做不了的废物。

事到如今,即便我回到过去,回到一千年前,和小雾结婚生子,也无法改变什么。因为此时我已经穿越时空来到了这里,陷入了这样的处境。

如果想让这个现实成为"没发生过的事"的话,必须重新穿越回一千年前,把这一千年前发生的一切事情,都从头修正一遍。要是这样做的话,时间线会如何发展,谁会变成"存在的人",什么又会变成"不存在的事",这些一切都无法计算。我无法得知如果不让小雾死掉一千次的话,时间会产生什么样的反应。

搞不好,人类会灭绝。

谁都不能保证,时间会选择"人类存在"这个选项,还是会为了不让时间的规则被打乱,选择"如果一开始人类不出现的话,时间就不会打乱"这个选项。

而能做到这点的，就是"穿越时空的力量"。

通过把第一个人类杀掉，从而否定人类的力量。

这也就代表，"穿越时空的力量"其实就是"否定自身的力量"。

所以，我终于注意到了，这种力量是不能让愚蠢、残暴、卑劣的人类得到的东西。

"但我还是得说，就算现在放弃穿越时空的力量，也解决不了任何问题。因为还是改变不了'穿越了时间'这个过去。所以，我决定了，再重来一回便是。"

事情就是这样。只要通过小雾和我的结合，能把穿越时空的力量消灭掉的话，"小雾那边"就没有必要单方面不停地重复转生了。

我在想，只要能把小雾那边"转生"这个"输送下一段人生的权利"以某种方式取消掉的话，我这边是不是就能反过来取消掉"为了和某位女性见面，不断重复轮回转生这一产生穿越时空的力量的契机"。

首先，我找回了之前丢在时间夹缝中，失踪了的"只有千秋家的男性可以继承的镜子"。

这个镜子上面已经没有任何力量了。因为这个力量在我出生的时候，被我以其他形式继承了。

其实，我也没用什么特别的手段。只是发动所有时间警察一起找，最后总算把它找出来了。

另外，我关注了一下公元3000年眼睛的治疗技术，现在已经开发出了通过往眼球表面安装一个东西，将眼球表面覆膜上映到的场景，直接反馈到大脑的技术。

简单来说就是一种"眼睛没有视觉功能的人，也能像正常眼睛一样可以看到东西"的技术。

这个东西，还是相对比较好开发的。

然后，千秋家男性单传的镜子，也想办法收回来了。

接着我使用镜子的材料，成功做出了有那种功能的隐形眼镜。

可能有客人会问为什么要用那个镜子吧，那我就解释一下。本身那对镜子就是我"穿越时空的力量"的替代品。再加上，我自己也没有公开"穿越时空的力量"配方的想法。所以我想，只要我放弃现在这个时间点存在的"穿越时空的力量"的话，其对应的镜子的力量是不是就能复活？如果镜子的力量可以复活，那我觉得小雾就不需要被卷入不断转生的命运中了。所以，我决定用镜子来做。

但是，问题也跟着来了。技术上是完成了没错，但是需要安装一根非常细的管子把它直连大脑才能使用。所以必须通过外科手术来安装。

当然，这就需要相应的设备和拥有专业技术的医生。

在这个阶段，我真是遇到坎了。

技术和镜片本身还好说，设备和手术室怎么办，更重要的是，我没有办法把医生传送到"现代"。

我也想过让小雾来我这个时代，但是不行。

小雾因为不断重复转生，肉身已经和普通人没区别了。这也代表就算给她使用"穿越时空的力量"，她也只能在我所在的未来待五秒钟。

于是，我又找了一下时间警察中有没有能做手术的人……

最后也没有呢，怎么可能有啊。

因为时间警察都和我有血缘关系嘛。

公元3000年的时候，知道这个人有时间警察天赋的瞬间，大概一般都是在孩童时期，就会被编入时间警察队伍。而制定这条规则的不是别人，正是"我"自己。

这就是时间的因果关系。

因果报应，说的就是这个事。

"所以，我又干了一次。我想能不能通过重来，把这个连锁切断。"

我之前可能已经说过了……酒井茂先生，雨宫友惠小姐，还有相良盈小姐。愚蠢的我，又干了一次。

干了什么？

当然是"复写"了。

为此，我派手下小林去调查国枝家。把我留在家里的那张写着"去趟2311年"的纸回收，处理掉。但这也没能改变历史。

没办法了，这次我让小林直接去给国枝夫妇下暗示。

"让你们的女儿小雾去冈部中学念书。"

同时，国枝家在滨北市的家里还有我的私人物品，所以也下暗示让父母把这些全都丢掉。因为我不知道留着我的DNA的状态，会不会某一天被时间警察盯上。每次都消除部下的记忆的话效率太低了。

但是，《穿越时空的少女》我想把它留下来作为我们之间约定的证据，所以在搬家的时候我买了本新书放到了新家里。

这样，小雾就转学了，留有我私人物品的家也处理掉了。接下来必须做的就是召集必要的人才。

不，我说的不是时间警察。第二次的"复写"和第一次不同，这次有明确的目的，所以必须凑齐满足条件的人才。

所以，为此，我把所有人都凑到了一起。

其实，不一定非要是冈部中学。但是这个地方比较熟悉，而且只

要地理位置和布局没变的话，我要做的不过是和不同的人，再重复做一遍不同的内容罢了。以防万一，我就让他们一家搬到了冈部町。

然后，等小雾到了十四岁，确认她进了冈部中学二年级四班之后，我在2006年7月10日，再一次以转校生"园田保彦"的身份，来到了冈部中学。

"但是，有一点我算错了。'复写'那时候用过的旧校舍已经改装成俱乐部了。不得已，我只能把禁止进入的楼顶，当成这次密会的场地。"

我想再搞一次"复写"的契机，其实是"复写"时用过的"未来道具"。

我把一切，都赌在这个上面了。

当时的状况就算2013年的现在能够预测到，但具体"什么时候"事情能够变成这样，我想就连当事人都不清楚。

明年是2014年，诺贝尔奖一口气颁发给了三个日本人。这是最后的"结果"。

如果我在这里说出是谁得了奖，那又会搅乱时间线，所以我不能说。

举个例子，化学也好医学也罢，什么方向都可以，也不可能说轻轻松松研究出一种新的技术或理论就能拿到诺贝尔奖吧。一定是多少

重温

RELIVE BY HARUKA HOJO

人，呕心沥血反复实验，花费一年又一年、脚踏实地不断研究，最后才能研究出来对吧？我觉得我这个观点本身，是不会有人反驳的。

某一天，某个化学家突然灵光一闪，说："啊，我想到了！只要把这个东西这样处理一下，新理论就完成了！"……我觉得这种事是不可能发生的。我姑且在科学家圈子里也算是个小人物，知道可能偶尔会有碰巧发现的东西，但一般来说，没有多少年脚踏实地的积累，没有反复细心实验的累积，是出不了结果的。

……话虽如此，我举个例子。请记住这不过是举个例子而已。

有一个四十个人的，十四岁孩子们的学生集团。

如果这个集团成员的家人或亲戚不知道为什么都有残障人士的话，那么自己所在的班里，有一个长得很可爱，非常能干，又很温柔，会察言观色，但是眼睛看不见的女同学的话，我觉得这些人一定会小心呵护她的。

看到这位同学全力以赴，努力活下去的样子，我相信没有人会把她往坏了想。除了像我这样，极度扭曲的人之外。

然后，这个集团中，一定会有一两个脑子聪明的孩子。这些孩子大多会考上重点高中，进知名大学。

当然了，事情不一定会如愿发展。还要面临没钱、没时间、没有上学的交通工具、拿不到学分、升不了学等现实问题。

已经说过好多次没有办法把"已经发生的事"变成"没发生过"，但之前说的都是时间的问题。而现在，说的是物理上的问题。

这些问题，通过时间警察带过来的未来技术，总有办法搞定。

像之前说的那种"天上掉馅饼"似的好运……买彩票三连中啊，一周想出新的理论啊之类的。这实在太不自然了，所以我尽量避免这么去做。

只有当现实中遇到了"无论如何都需要这个东西"的时候，才会使用"未来道具"，把如果"这东西在这个时间出现，结果就会改变"的时间线调查清楚，再在这个时代中重现它。

"这，就是现在台上的漂亮新娘，眼睛缠着绷带的理由。"

六个月前，小雾遇到了想要成为眼科医生的樱井橿同学……樱井橿同学，从2006年转到二年级四班的园田保彦那里，得到了未来道具手镯。手镯里面存着的"视觉神经切断复原技术与划时代的技术革命建立联系的提示"我想你应该以梦的形式看到了。是的，很抱歉，这不是你自己想的，而是我通过未来道具"教给"你的。实际上这个是在2614年由德国人开发的。而你，只是试了一下这个技术而已。

再进一步讲我教给你的技术和实际上手术中使用的镜片，都是我从未来带过来的特制品，没有任何泛用性。

也就是说，这不会成为你的功绩，你也没有办法在小雾以外的患者身上应用这个技术。因此让你做这些事情对于你来说是没有任何意义的。对此，我要再次说声抱歉。

但是，有一点希望你能相信，我并没有通过时间警察给樱井同学你下"去问国枝小雾能不能把'应用了自己想到的新技术'的手术在她身上做尝试"这样的暗示。问小雾这件事，是出于你自身的意志。不过，我还是要对我"做过一些类似于诱导式的工作"，再次和你说声抱歉。

顺便，再多提一句，你姐姐的事情确实很遗憾。但她是因为没有遵守和我的约定，被时间的规则所杀，是她自作自受。至于本来留给她的学费，最后匀到了你身上，这件事我可没做任何手脚。这是实话。

……啊，友惠，不要动。我干的就是"这样的事"。

是个很过分的男人吧？

"怎、么会……"

被工作人员点名的友惠脸色变得铁青。

"怎么了？"茂问道，"那家伙刚才说，干了什么来着？"

"难以置信……"友惠低声说道，"这都不是差劲，甚至用人渣都没法形容他……"

"他想干什么啊，那个左右逢源的家伙？"盈问友惠，"和我们那个时候不一样吗？他的目的不是书吗？"

"目的大概……是书。但是那个笨蛋不一样……"

"嗯？"

"把他读书的'根本目的'引进来,制造一个和我们那个时候不同的结果……"

"……"

"什么意思?"

茂和盈歪头表示不解的时候,旁边的友惠用看着恶魔的表情瞪着读演讲稿的工作人员。

"你这家伙!要做到这一步吗?!"

当然要做啊,友惠。
因为我没有其他办法了啊。
我已经下定决心,要为这件事用尽一切手段。
我知道你想说什么。
但只要能让小雾幸福的话,对于我来说其他一切都不重要。

"笨,笨蛋都没法形容他了……"

友惠瞪着工作人员说。

"不光是学校。不把整个医疗界都牵扯进来,'那个'应该是做不到的才对……"

"所以,他干了什么?"

友惠颤抖着,回答茂的问题:

"他为了给自己的妹妹……给新娘装什么镜片,为了让她'眼睛能够看见'，利用了班上同学啊。"

管这个行为叫利用的话，也确实是如此。

不过，我并没有做"违背他人意愿"的事情。

举个例子，樱井櫂同学，你说你想成为医生，这是你自己的意愿吧？

其他人的话，比如说新城同学说想当护士，这也是你自己的意愿吧。

你当时没有钱上护士学校，"碰巧"，你家从你远房亲戚那里继承到了遗产，最后你上了那个学校。不好意思，这个其实不是偶然，而是我背后使了些手段，让你们获得了遗产。

不过，能成为护士还是由于你的拼搏和努力。之后你去了给小雾做手术的医院上班，这不是我操作的。虽然我担心小雾会害怕，让认识她的你负责照顾她这件事是我安排的，但这只是碰巧赶上顺手一干而已。

当时班上的学生，除了小雾以外的三十九个人都发挥了作用。

细田老师……我请您帮忙，教会了小雾"读书"的快乐，真是多谢您了。

我会在您和您父亲细田老师未来的墓碑前，向您道谢。

好，我差不多该告辞了。

那，最后一句。

小雾，眼睛能看见了哦。

你已经，得到光了哦。

我遵守了约定哦。

虽然没有办法直接读给你听了，但你已经有了共度人生的伴侣，你就和他一起前进吧。

然后……如果有一天你们有了孩子的话，一定要给这个孩子读一读《穿越时空的少女》。

把《穿越时空的少女》这本书，也留到那个时候吧。

我觉得试着和自己的孩子一起成为"读者"，也会很开心哦。

"再见。"

终章

重温

RELIVE
BY
HARUKA
HOJO

对了……我想起来了。

那个转校生。

那个只在夏天待了一个月，叫园田保彦的转校生……

在7月1日那天对我说的话……

在黄昏时分的教室，转校生和放学后打扫完的我擦肩而过时，用低沉的声音说了一句话。

我觉得转校生是不可能知道的，所以当他是在耍我的那句话。

他是哥哥啊。

所以他才会这么说。

他对我说：

"生日快乐。"

……

终章

"等一下!"

我撕掉绷带。

我觉得这个时候我的表情应该很奇怪。

同一级的樱井榉和我说有种划时代的视力恢复手段之后,我决定相信奇迹,接受了手术。

原来,这一切都是哥哥的……

那一天,消失了的哥哥……

"啊……"

我看见了。这就是世界啊。

这里是"婚礼现场"。

客人们都愣住了,注视着刚才还在念演讲稿的男工作人员的一举一动。

不,不对,那个工作人员不对。

那个背影,而且,那个声音……

"等一下!"

我站起身,去追这位要走出会场的工作人员。

白色的礼服迎风展开,装饰用的薰衣草在空中飘舞。

薰衣草的香味。

这个男人,已经走到了走廊。

"因为……"

如果,刚才听的都是真事的话。

/177/

重温
RELIVE BY HARUKA HOJO

　　我这边的连锁停止的话,这次就要换成哥哥被千年的枷锁囚禁了。

　　"等一下!"

　　空气中飘散着薰衣草的香味……

　　男人就像在等着小雾一样,站在通道上。

　　而他的舌头上,已经放着"穿越时空的力量"。

　　(那个是……哥哥的小瓶里面放着的!)

　　当然,我是没见过的。但是,这个味道我有印象。

　　那是,哥哥失踪时闻到的味道。

　　(那个是穿越时空的药!)

　　"等一下,哥哥!"

　　哥哥最后,好像留下了什么话。

　　之后我才知道,那个是"薰衣草的花语"。

　　"等……"

时间的终章

重温
RELIVE
BY
HARUKA
HOJO

"……成功了。"

少年用难以置信的表情说道。

"不，不是吧？没想到，把××和〇〇搅拌一下，进行一下陶瓷化处理，再放到碱性溶液里……"

少年后面的解释说明就省略吧。毕竟，这是秘密配方嘛。

而且更重要的是，如果这个时候少年的自言自语留在历史上的话，那么少年他自己真正希望的事情。

必须做成的事情。

不能忘记的事情。

应该邂逅的四位女性，四个故事，四种季节就都会离他而去了。

"总之，得先大批量制作这种药……"

少年赶忙开始工作。

少年是个孤儿。他自己也不知道他是从哪里来，要到哪里去。

只是，多亏他被善良的养父母收养了，所以他从被人发现时的六七岁起，平安地生活了八年。因此，按照户籍登记的信息，他现在十四岁了。

时间的终章

某一天，养父让少年去自家仓库一趟。

少年不知道。这个仓库，是由很久以前住在静冈县冈部町的雨宫家的仓库改造的。

他不知道，从2311年的现在往前数319年，1992年夏天的时候，自己不知道去过这个仓库多少回。

他也不知道，在进入仓库的几秒前，"跨越时间的少女"来过这里。

"嗯？"

来找养父需要的工具的少年，目光停留在了一本书上。

"这是……"

少年感到吃惊也是正常的。因为这个时代，已经没有"纸质书"了。

但是，不止如此。少年的目光，不知为何，一直紧紧盯着这本"前后都被撕掉，不知道书名和作者的书"。

可能是因为没有封面，反而激起了少年的想象力吧。

这就像是……

"旧教室""只在博物馆里能看到的以前学校的校舍""在那边伫立着的，系着红色领结，穿着黑白水手服的少女""和她身后站着的，意味深长的少年"……

又或是……

"这是镜子里面""一位戴着蓝色眼镜，看起来很温柔，又有些令人怀念的女性""在镜子里，融于秋天的样子""然后，注视着这

/181/

重温

RELIVE
BY
HARUKA
HOJO

一幕的少年"……

抑或是……

"白雪中""戴着眼镜的，黑色水手服少女""拿着书，不知其相貌的少女""围着围巾的少年""就像是，把和自己开发的药很像的药片""装进紫色绳子系着的小瓶子中"……

再不然……

"穿着雪一样白的礼服的女性"，"这位女性那能够激起人久远回忆般的眼瞳"，"轻轻飘舞的书、镜子和花"，"纯白色的会场里，孤身伫立的男性"，"礼服的白，与会场的白相连，像是站在雪中一般"……

这四本书的封面，不知为何在少年的大脑里久久不散……

少年拿过那本书……

"雪……"

他被这种现代已经见不到的自然现象，激起了强烈的兴趣。

最后，少年读了这本书。

然后，决定飞向时间的尽头。

四季的终章

重温
RELIVE
BY
HARUKA
HOJO

秋

"生下来了,霞小姐!是个男孩子,很精神的男孩子!"

静冈县清水市兴津。妇产科的三岛医生说着,将白布里裹好的孩子交给刚生下他的霞。

"啊……"

霞感叹了一下。

终于,生下来了。终于在这个世界上留下了生命。

"……"

霞发出不成句的激动声音,紧紧抱着孩子。

霞知道。

这个孩子,是禁忌的孩子。是不能被原谅的孩子。

即便如此,这个孩子还是有人样、有声音、有肉体地出生了。

所以……

"没关系……妈妈会保护你的。无论发生什么事情,你都……"

这个时候,丈夫邦彦得到了三岛医生的同意,也来到分娩室。

四季的终章

"哦，是个男孩啊……"

邦彦，当然也知道这孩子的降生是不正常的吧。

即便如此，这也是我的孩子，真的是非常高兴。

邦彦从霞手里接过孩子，用饱含爱意的目光，看着小婴儿。

"那么……"霞问他，"名字，起什么好呢？"

"要是女孩的话，叫美雪啊，友惠啊，萤啊，或者就叫小雾。你想，霞的女儿叫雾，多合适。而且你叫霞的话，起个夏天的季语词萤啊，或者希望她能'蒙友恩惠'叫友惠啊，等等。不过，咱们生的是男孩……"

思考了几秒钟之后，仿佛是命运一般，邦彦说出了"那个名字"。

"对了，叫……吧。"

孩子的名字，不用写出来也知道。

冬

"那该……"

怎么想，都想不出结论……

但是，必须做。

因为，这是和未来穿越过来的少女之间的约定。

（能让这个岁数的少年提起兴趣的，到底有什么呢？）

一开始，本来打算用最简单的甜食来吸引他。但是，他有可能不

/185/

重温

RELIVE BY HARUKA HOJO

喜欢甜食，而且如果是大户人家的孩子，很有可能家里人会告诉他不要从陌生人手里拿吃的。

静冈县御殿场市。这一带，是满满的雪景。

被白桦树包围的雪地里，一位少年天真烂漫地玩着雪。雪人已经堆完了，现在正在做雪球。

看来，是想和雪人打一场雪仗吧。

"……好。"

本身做决策就很快的她，这次也早早得出了结论。

"这棵树看起来不错。"

身着一身黑色水手服的少女，居然开始爬起树来。

过了一会儿，少年可能是玩雪玩腻了，正要踏上归途的时候……

"哟！"

少女从树上跳下，来到了少年眼前。

"呃？！"

少年应该很吃惊吧。眼前明明空无一人的银色世界，突然有一位比自己年龄大很多的女生，

伴随着飘舞的雪花来到了他的面前。

"啊……"

少女看着少年，表情是一脸"尴尬"。

"被他发现了……哎呀，怎么办啊……"

"姐，姐姐？"

听到少年的声音，少女缓缓地，笑着回答道："那个，你，叫什么？哦，你叫一条保彦啊。哎呀，和我认识的一个人名字一样呢。那，我就叫你一条弟弟吧？"

"呃，嗯……啊，好的。"

"那个，一条弟弟啊。"

她把食指比出"嘘"的姿势，放在嘴唇上，做出一副"这是秘密哦"的样子，开始了她的表演。

"我呢，是时间警察'萤'。是从公元3000年穿越过来，查一件事的。不过呢，我是不能让目的地时代的人看到我真正穿越过来的瞬间的。所以呢，我必须删掉你的记忆。"

"呃？！"

小一条很吃惊。

五年前，虽然发生地不同，但少年经历过完全一样的剧情。不过不知道这一点的他，现在单纯就是吃了一惊，单纯就是害怕。

"呵呵。"少女微笑着摸了摸少年的头。

"不过呢，如果你愿意帮我的话，我就不删你的记忆了。对了，这本书……"

雨宫友惠说着，从包里拿出了某本书。

书的名字，不用写出来也知道。

重温
RELIVE BY HARUKA HOJO

春

这还是，母亲死之前的事情。

国枝家的母亲和她的独生女购物回家路上，经过了静冈县安倍河堤的那片樱花林。

母亲看到樱花后对女儿说："你看，多漂亮啊。"但少女的表情没有丝毫变化。

因为她的眼睛是看不到光的。于是少女说道：

"妈妈，没关系。不用管我，您自己去赏樱就可以了。"

话是这么说，但母亲再怎么说也不能把这个年纪的女儿一个人留在外面，正在她头疼的时候……

突然听见嘭的一声，不知道从哪里踢过来的足球，直接砸到了少女的脑袋上。

少女抱住头，蹲在了地上。

"啊，抱歉，抱歉。"

足球的主人，一位少年跑了过来，向少女和母亲道歉。

"没事吧？是不是很疼？"

少年说着，往少女的方向看去。而少女只是盯着少年的方向，什么都没回答。

这个时候，如果少女眼睛能看见的话，那命运多少会发生些改变吧……

这谁都说不准。

少年再次道歉,然后抱起球走掉了。

妈妈又看了一下女儿被球砸中的地方,那里起了个大包。

"没事吧,小雾?都起包了呀……嗯?"

母亲,这时发现了一个稀奇的事。她看见了生下来之后就从没见过的,她家孩子的那个。

明明她连刚出生的时候,都没做过"那种事情",但今天可能是被这飞来横祸吓得不轻吧,少女,微微地流出了一点眼泪。

"小雾,你哭了吗?这么疼吗?"

"我没哭。"小雾否定道,"我就没做过那种事情。"

少女……小雾不知道。

几年后,这个少年就会成为自己的哥哥。

而少年清楚地记得那个时候的事情和小雾的长相。

所以,他在再会时说的第一句话是"好久不见"。

二十年后……就像那天突然飞过来的足球一样,哥哥突然回来,将光带给少女。

同时带来的,还有眼泪。

一千年里未曾流过一滴眼泪的小雾,她第一次流下眼泪,其实是在她与命运中的哥哥,第一次真正相遇的时候。

重温

RELIVE
BY
HARUKA
HOJO

夏

这是一位可能存在过的少女的故事……

少女，从好朋友那里借了一本书。

这是本非常有趣的书。

因为这本书有"后续"，所以她想在把书还给好朋友的时候，顺便把"后续"也借过来。

如果好朋友不借给她的话，她就打算去图书馆借。

如果图书馆里的书被人先借走的话，她就打算去书店买。

如果还是没有的话……少女思考着。

书，到底是怎么做出来的呢？

作者，是怎么构思故事的呢？

卖书的书店店员，应该也是读过之后，才会选择卖哪些的吧。

做书的编辑们，应该也要读书的吧。

然后，身为读者的自己。

好有趣啊。

明明它只是一本书，但现实中却有很多人"共享"着其中的内容。

明明作者，只有一个人。

明明店员，只有一个人。

明明编辑，只有一个人。

但读者，不是的。

读者有很多。而且，能够跨越时代，几十、几百、几千人地扩展……

一千年前的人，有读书吗？

一千年后的人，也还在读书吗？

漫步在夏日骄阳下的少女，思考着的时候……

1992年夏天，静冈县冈部町。

命运，在稍后不久……

时间与四季的终章

重温

RELIVE
BY
HARUKA
HOJO

"……原来如此,也就是说,不管什么季节,在这个国家一定想要去看雪的话,去那个叫什么'fù shì shān'的地方就行。"

赶快在机器上搜索"fù shì shān",把照片存了下来。

这样一做,我就明白了。

只要看一眼,就能把一切都联系起来。

那,出发吧。为了读到那个故事的后续。

我把薰衣草味的药片放入口中,清爽的香味在口中散发到最后,就能看见时间线了。

浩瀚无垠的"时间"之波,在脑海中直接铺展开来。

(……啊,有了。)

无论在哪里,无论在做什么,我都能捕捉时间。

(那就是,fù shì shān。)

我在时间线上,捕捉到那座蓝白相映、壮丽非凡的山峰。

(接下来……只需纵身一跃。)

我感受到自己的存在正在轻轻摇曳。

要去了。

我要离开现在的时代,飞向以前那精彩的时代了。

（我要……去看雪。）

身体嗖地消失后，我的脑子里突然响起了非常凄厉的警告声。

（"冬天"不行！）

"什……"

（要是去"冬天"的话，姐姐又要哭了。）

"姐……"

什么情况？这是什么……

"我的……过去？"

本该早已遗失的过去。

但是，就是为了摆脱这些，我才向未来……

（可是，我要去的，不是过去吗？）

这矛盾是怎么回事？

不知从哪里传来的声音，再次无情地警告我。

（"冬天"不行。去"夏天"！）

"夏……夏天？"

（去"夏天"，能见到"雪"。）

"什……"

于是，我被卷入了这未知的时间线。

不，确切来说，是早就被卷入了其中。

这也许就是"命运"吧。

重温

RELIVE BY HARUKA HOJO

"疼!"

穿越了时空的我,迎来的是坚硬的地面和树叶。

"什么情况……这里是……"

我站起来四处张望了一下,发现自己好像身处一片郁郁葱葱的森林之中。空气中弥漫一种之前从未闻过的树木的香气。

与此同时,眼前也是完全陌生的景色。

"fù shì,shān?怎么看都不对啊。"

我一边嘟囔着"真是的",一边站起身。

"……不过。"

为什么,时间穿越会出问题?

我重复做过很多次实验,改良了很多回,已经把成功率提升到100%了,为什么还是失败了?

"不,在此之前……"

那个"声音"是什么啊?

这时,我才意识到,眼前还有一个更亟待思考的问题。

那是时间穿越中,终极且彻底的二律背反。

事先看过,确认过的话就没问题。但是正因为"事先看过",所以因果律会被搅乱。换句话说,这样做是避免不了"事先看到'正在事先看的自己'"这件事情。

也就是"目击者"。

"那孩子"一副愣愣的表情看着我。眼神就像是看见了幽灵一般。

　　……我觉得这孩子真可爱。一身白连衣裙，戴着宽沿的大草帽。在胳膊夹着的藤编小包中，一本书露出了头。

　　"……那个。"这个孩子说道，"你，你刚才，从哪里……"

　　"抱歉啦。"

　　这类事情我早有预料，所以我马上把灯对准她。一束光芒闪过，她就变成了一副呆滞的表情。

　　"呼。"这样，暂时就没问题了，"之后再把记忆……"

　　不，还是先确认一下情况吧。正好，拿她来问话吧。

　　"……我问你，'现在'是○×历多少年？"

　　"少女，一副听不懂的表情，"○×历……？"

　　"哦，对，这边不是○×历。是公元。现在是公元多少年？"

　　"公元……"少女小声回答道，"……1992年。"

　　"地点呢？这里是哪个县？"

　　"……静冈，县。"

　　好，"县"没搞错。

　　"志太郡……冈部町。"

　　"很好，那你在做什么呢？"

　　"我从朋友那里、借了书。"她结结巴巴地回答，"正要回家、读。"

　　"书？"

　　我的目光落在了从她包里露出来的那本"书"上。虽然书名看不

重温

RELIVE BY HARUKA HOJO

太清，但作者的名字倒是能认出来——

"保彦。"

"……很好。听好哦，你什么都没看到。你和我没有在这里见面。把刚才，在这里发生的事情都忘掉。明白吗？"

"……嗯。"

看到少女轻轻点了点头后，我再次掏出灯，同时把穿越时间的药放在嘴里。

（在解除洗脑的同时离开这里的话，我就不会留在这孩子的记忆中。）

放下心来的同时，我又回想起了来到这个时代的秘密。

"那个，我问你。"事后，我想到，"这附近，哪里有……"

是不是因为我问了这个问题，"这一切"才开始的呢？

"你知道这附近哪里能看到'雪'吗？最好是那种'美丽的雪'。"

明明我已经找到"那个"了，

明明一切都从"那个"开始。

没错，"开始"是一句话。

"美丽的，雪？"

"没错。"

"美……雪？"

"嗯？美雪？"

"美雪是……"少女指着自己,"……是我。"

"啥?"

我没能理解这句话。

等到理解的时候,一切都开始了。

"美雪……字写成美丽的雪,美雪。"我被这个名字深深吸引,"这就是,我的名字。"

这个时候的我。

明白了"这一切"。

为什么时间穿越会失败?

为什么我没有到达我想去的地方?

为什么在这个时间,她会在这里,我会和她相遇?

"没错。"这就是,"命运……"

没错,我。

"和你……"

和美丽的雪。

"为了和你相遇。"

一切,流向了时间线的尽头。

"这里……"

我不是"来"到这里的。

而是"回"到这里的。

重温
RELIVE BY HARUKA HOJO

危险的夏天。

重复的秋天。

解密的冬天。

回归的春天。

为春天的霞,带来的生命,由夏天的萤,进行指引……

消失在秋天那小小的雾中,并在冬天,与美丽的雪相遇……

时间是,1992年7月1日。

这一天:

"霞"——在这一天梦到作为一切开始的"梦"。

"萤"——在这一天将作为一切开始的"书"借给她。

"小雾"——作为一切开始的"她"出生在这一天。

"美雪"——在这一天与作为一切开始的"他"相遇。

然后"保彦"——没有名字的他在这一天得到了他的"名字"。

一切的命运,都会重生。

伴随着薰衣草的香味。

薰衣草：lavender

薰衣草是唇形科的常绿灌木。原产于地中海沿岸。

花期在六月到九月。花的颜色有粉、紫、青紫、白。

花语："我，在等你。"

后记

重温
RELIVE BY HARUKA HOJO

通过本系列，与各位初次见面，我是法条遥。

之前本系列的三本书考虑到给大家要留一些回味，并没有写后记。但这次是这个系列的最后一本，这篇后记也相当于是对这个系列的总结。

首先，请允许我和您分享一下包括本作《重温》在内的"RE"系列吧。

已经到最后了，会出现不少所谓的剧透呢。先读后记派的读者们请您留个心。还有，这段因为相当于是四本书的后记，所以会有些长，也请您理解。

■第一本《复写》

这是我出道以前写的作品。一开始是在《早川SF系列 J合集》中收录。

佐佐木敦老师在书评中说，"（这部作品能这么快发售文库本）是有理由的"，最后这本书是续作《改写》两册一起进行了文库本发行。也就是说，写书评的时候这个作品就已经确定会以系列化的形式发售，所以《复写》的文库本发行，确实很快呢。

后记

知道会出后续之后，的确也想过再往里面加一些内容，但没想到这个系列会继续出这么多……

不过，写这篇后记的时候，我重新读了一遍当时的故事架构。

"是不是，美雪来当真正的黑幕会更有趣？"

我惊讶地发现自己写过这么一句话。虽然因为页数问题，文章表现的问题没有写出来，但我在作品发表之前，确实考虑过故事的"后续"。

说到这里想起来，我有个习惯，就是会在写完作品的时候，把什么时候开始写的这个作品啊，写的时候花了几天啊，一天写了多少字啊，等等，这些记录保存下来。

现在为了写后记重读当时的故事梗概的时候，这些记录也激起了我的回忆，我也把它留在这里。同时，一点点毙掉了的设定也在里边。

"回溯时间的少女。"

2009年7月15日，开始制作剧情流程图。

2009年7月16日，流程图姑且制作完成。非常有必要再检查一遍！

2009年7月21日，第一稿开始动笔。

2009年8月2日，第一稿姑且完成（只完成了除去人物描写以外的故事主线）。

重温
RELIVE BY HARUKA HOJO

13天，109286字。平均一天8046字。换算成稿纸一天21张。

2010年10月24日，为了出版重做剧情流程图。

2010年10月29日，增加书名候选《盛夏夜的噩梦》。或者是《盛夏夜的虚梦》及《盛夏夜的逆梦》。

2010年11月2日完成，邮件寄出。

一开始起的名字是《回溯时间的少女》。但实际上整个系列最后变成《回溯时间的少年》了。

乍一看剧情流程图是一天想出来的，其实不是的。只不过我是那种不在脑子里全都整理完就下不了笔的人。

此外，"保彦在庙会上说想吃金鱼的剧情是有的（因为他不知道金鱼是观赏鱼）""让美雪和友惠同名，把一切的黑幕从友惠变成美雪怎么样？也就是说美雪没有写下《穿越时空的少女》，只是把未来的自己带过来的《穿越时空的少女》印出来了而已"，等等，看来当时确实有思考过续篇怎么写。

■第二本《改写》

2013年3月11日，大概的剧情流程图完成。

2013年3月19日，剧情流程图完成。

2013年3月20日，第一稿开始动笔。

2013年3月25日，根据实际执笔的内容对流程图进行调整和简化。

2013年5月13日，重写。简易流程图完成。

2013年5月16日，第二稿流程图完成。

2013年5月31日，第二稿完成。用时8天。72394字。一天9409字。换算成稿纸一天22张。

正如记录所写，这个作品曾经根据别的设定和剧情流程写过一回，但是怎么看都不满意，所以直接重写了。（最早写的一版里，霞是电影演员。）

这个时候自己已经对系列四册的整体剧情有了一些印象，所以最后以此为中心重新想了一版，最后总算是完成了。

■第三本《复演》

2014年1月8日 开始制作剧情流程图。

2014年1月9日 剧情流程图制作完成，发给责编。

2014年1月13日 故事架构完成，发给责编。

2014年1月16日 开始动笔。

2014年1月26日 完成。92556字。一天9256字。

这个作品对于我来说是非常少见的"虽然内容本身在脑袋里已经定好了，但是不知道为什么就是写不成文"的一作。我还记得和责编讨论的时候突然灵感来了，流程图也是这么临时定下来的。

重温
RELIVE
BY
HARUKA
HOJO

■第四本《重温》

这本书还在写，所以这一本还没有留下记录。

现在回过头来说，当第一本《复写》的主人公确定是"美雪"的时候，系列其他作品中主人公的名字，也都在《改写》发售前全部确定了。

《重温》，既是最后的主人公，保彦的妹妹"小雾"的故事，同样也是归纳总结系列中各种谜团的故事。

负责这个系列插画绘制的usi老师每次都为作品画了非常漂亮的封面，不过现在写后记的时候还没有收到这一本的封面图。我十分期待。

■过程

您问作者和编辑是怎么推进工作的？其实就像《复演》中坂口盈所说的那样。和早川书房合作，也是缘于后来负责这个作品的责编T老师过来找我，问：

"你还有没有什么写完没发表的作品？"

编辑这么问后，我把《复写》的原型《盛夏夜的逆梦》拿给他看，然后书就出版了。虽然能写出来的过程就这些吧（不开玩笑地说，真就这些），也算经历了很多吧。

我们临时插一个现实的话题，出版社这种比较奇怪的公司，一般是用倒推法确定日程表的。

首先，先确定书的发售日，然后从这天开始往回倒推一校、二校的时间确定日程安排。（当然，也有出版社不是这样的。）

作品的书名也一样，一般来说，必须在从发售日往前推两个月左右的时候就定好书名。（反过来说，如果离发售日还剩两个月的话，就会在出版预告中给书起一个暂定名。之前说的《复写》和《盛夏夜的××》，其实一开始在预告中的名字就是《盛夏夜的××》）

也就是说，《复写》这个书名是书快出版的时候才临时改的。

书名有由编辑部决定的，也有由作家决定的（准确地说应该是编辑部来判断，作家起的这个名字合不合适），《复写》这个书名，其实就是编辑部对《盛夏夜的××》这个名字不认可。那么，究竟是经过怎样的过程，让这个系列最终变成"RE"系列了呢？还要从突然来的一通电话说起。

T："法条老师，今天必须定书名了。"

法："啥，没人跟我说啊？（我真的不知道。）"

T："总之您赶紧想。再过几个小时就要上会了。"

法："呃……"

T："那，稍后我再和您联系。"

几个小时后。

T："您定好了吗？"

法："那就《复写（rewrite）》吧。您想，带个'RE'是不是有种SF的感觉。"

重温
RELIVE BY HARUKA HOJO

T："我知道了。那就按《复写》来。稍后我再和您联系。"

几个小时后。

法：（编辑刚才虽然那么说了但估计过不了吧。必须得起个更诡一点的书名。）

T："定了。就用《复写》。"

法："嗯？（《复写》就行吗？）"

T："嗯？（差不多得了上面已经OK了。而且，这不是法条老师您自己起的吗？）"

可能世上有些事就是这样，没怎么认真考虑过的事情，反而有好的结果。顺便提一嘴，如果《盛夏夜的××》这个书名通过了的话，恐怕这个系列每本的名字就会变成这样：

第一本《盛夏夜的逆梦》。

第二本《秋夜叉》。

第三本《冬杀少女》。

第四本《Dear·Spring（向亲爱的春天）》。

■真心话

北村薰老师的杰作"时间与人"三部曲是非常有名的作品，其实也不用我再多介绍：

《快转》（我最喜欢的作品）。

《回转》（我最喜欢的设定）。

《重生》（我读哭了的故事）。

这三本。

另外森博嗣老师（以下简称森老师）的杰作"四季"系列，这个也很有名，同样也不需要我再多介绍。"四季"系列写的是一位天才女性的故事。

也就是说，我想写的是一个把"时间与人"在"四季"中展开的故事。森老师的"四季"写的是女性，所以我想在我这里写一下男性（保彦）。

■设定

话虽如此，但只有四季是写不出书的，所以我想把设定再精炼一点，并把它们加到了作品中。首先是名字。这些都是从"四季"中起名的。

・复写　夏天　美雪
・改写　秋天　霞（霞是春天的季语）
・复演　冬天　萤（萤是夏天的季语）
・重温　春天　小雾（雾是秋天的季语）

因为"RE=相反"，所以起了和对应季节相反的名字。正如之前《重温》那段所说，不管四季每一段最后会是什么故事，总之先把主人公的名字起好。

重温

RELIVE BY HARUKA HOJO

那么,"保彦"是从何而来的呢?当然是"时间与人"三部曲。

从《重生》中借鉴了"真澄(masumi)"和"和彦(kazuhiko)"的名字,从"和彦"中去掉"ka",换成代表着"时间之矢(贯穿四季)"意思的矢(ya),组成"保彦(yasuhiko)"。再把刚才去掉的"ka"加到"真澄(masumi)"中变成"霞(kasumi)",所以这两个人是母子。

接下来是各主人公的职业。

因为我知道这个系列会是"和书有关的书",所以:

- 复写　作家
- 改写　书店店员
- 复演　编辑
- 重温　读者

把这四个设定加入故事中了。

就结果而言,每位主人公的故事也变成了象征着每一种职业的故事。

接下来是定位。因为这是围绕"保彦"展开的故事,每一个故事中的"少女"的定位也是确定好的。

- 复写　恋人(或者是异性友人)
- 改写　母亲

后记

· 复演　姐姐

· 重温　妹妹

归纳总结一下，就是这样：

· 复写　夏天　美雪　作家　恋人

· 改写　秋天　霞　书店店员　母亲

· 复演　冬天　萤　编辑　姐姐

· 重温　春天　小雾　读者　妹妹

亏我能写出来啊……

· 结语 ·

责编T老师，非常感谢您。

插画usi老师，感谢您精美的插画。

写书评的佐佐木敦老师，非常感谢您。

负责设计的川谷康久老师，感谢您漂亮的设计。

更要感谢，读到这里的读者大人您，非常感谢。

那么，以后在四季某处。

时间流转之时。

我们再见。

2015年　法条遥

RELIVE
Copyright © 2015 Haruka Hojo
Originally published in Japan by Hayakawa Publishing Corporation
Simplified Chinese translation rights arranged with HAYAKAWA PUBLISHING
CORPORATION through AMANN Co., LTD.

江苏省版权局著作权合同登记号 图字：10-2024-379 号

RELIVE
Copyright © 2015 Haruka Hojo
Originally published in Japan by Hayakawa Publishing Corporation
Simplified Chinese translation rights arranged with HAYAKAWA PUBLISHING CORPORATION through AMANN Co., LTD.

图书在版编目（CIP）数据

重温 /（日）法条遥著；鹿推译 . -- 南京：江苏凤凰文艺出版社，2025. 5. -- ISBN 978-7-5594-8469-7

Ⅰ．I313.45

中国国家版本馆 CIP 数据核字第2024AQ0952 号

重温

[日] 法条遥 著　鹿推 译

责任编辑	耿少萍
装帧设计	程　然
出版发行	江苏凤凰文艺出版社
	南京市中央路165号，邮编：210009
网　　址	http://www.jswenyi.com
印　　刷	北京盛通印刷股份有限公司
开　　本	880 毫米 ×1230 毫米　1/ 32
字　　数	142 千字
印　　张	7
版　　次	2025 年 5 月第 1 版
印　　次	2025 年 5 月第 1 次印刷
标准书号	ISBN 978-7-5594-8469-7
定　　价	48.00 元

江苏凤凰文艺版图书印刷、装订错误，可向出版社调换，联系电话 025-83280257